Rita Lell

Bärlauch
ein Kleinstadtkrimi

Impressum

© 2017 Rita Lell

Herstellung und Verlag:
BoD - Books on Demand, Norderstedt

Bildnachweis:

Brigitte Lang: Seite 21, 23
Maria Lell: Seite 43, 82, 111, 112, 120
Rita Lell: Seite 13, 19, 44, 47, 49, 69, 99, 101, 137
Titelbild: Rita Lell

Layout: Rita Lell

Lektorat: Stefanie Lell
           Maria Lell
           Helga Koska
           Thomas Friedrich
           Martin Kempter

ISBN 9783744833721

Eins

Die Stadt war alt, klein, verwinkelt und die Handwerkskunst alter Meister konnte an vielen Ecken bewundert werden. So schlummerte sie vor sich hin, bis sie von großen Unternehmen entdeckt wurde und Immobilienhaie sich mit der Stadtverwaltung verbündeten um ganz viel Geld zu machen.

Iris Moser wohnte in dieser kleinen Stadt und hatte vier Nachbarn, deren Anwesen an ihr idyllisches Grundstück angrenzten. Alles ältere Menschen, die hier ihr Leben verbrachten und in einfachen Häusern mit großen Gärten lebten. Diese beschauliche Ecke war besonders ruhig, besonders grün, fast ländlich. Untereinander hatten die Bewohner des Viertels nur gelegentlich Kontakt, man kannte sich, hielt ab und an ein Pläuschchen, jeder lebte sein Leben in einer schier nicht endenden Zeitabfolge.

Bis schleichend, schrittchenweise alles anders wurde.

Es begann mit höherer Gewalt, wenn man „Tischerlrücken" so nennen will.

Helga Scholze war eine lebensfrohe, besonders freundliche und gesellige Nachbarin von Iris und wohnte im westlich angrenzenden Grundstück. Sie hatte viele Freunde, genoss ihr Leben in vollen Zügen, verreiste oft, lud gerne zu Kaffeerunden ein und schätzte Gesellschaften auf ihrer Terrasse am Abend. Helga besuchte regelmäßig einen Damenstammtisch, dort lernte sie Elli Münter kennen. Elli begeisterte sich für Esoterik und war eine versierte Geisterbeschwörerin, sozusagen ein gutes Medium zu den Bewohnern der „anderen Welt", der sogenannten Zwischenwelt.

Die vornehmlich älteren Stammtischdamen, die ihre Interessen austauschten, waren fasziniert von Elli und ihren Fähigkeiten. Mit sensationslüsternen Gefühlen tastete sich die eine oder andere Stammtischfreundin an Elli heran und nahm dann auch an einer Sitzung teil, die Elli Münter bei sich zuhause abhielt.

Iris Nachbarin Helga wollte zuerst nicht so recht an die Geschichten glauben, sie hielt Abstand zu den Veranstaltungen mit Verstorbenen, konnte ihre Neugierde allerdings kaum zügeln und lauschte den Schilderungen mit gruseligem Erschauern und nahm dann doch an einer Sitzung teil.

Sie berichtete eifrig von der Geisterbeschwörung bei ihrem Stammtisch. Die Zuhörerinnen lauschten gebannt und wurden ausnahmslos blass um die Nasen. Die Münder blieben ihnen offen stehen, als Helga vom Flackern der einzigen Glühbirne berichtete und es als ernsthaft glaubwürdige Tatsache versicherte, dass sich das Tischchen bewegt hätte.

„Es fängt ganz harmlos an, alles muss sorgfältig vorbereitet sein. Wenn in der Glühbirne das Licht flackert und das Tischchen anfängt zu rücken, dann steigt die Aufregung ins Unerträgliche" erzählte Helga den Freundinnen. „Mein verstorbener Mann Willi war im Raum anwesend, das konnte ich genau spüren. Das Tischchen hat die Buchstaben seines Vornamens umkreist und das Sterbedatum."

Der Raum wurde von brennenden Kerzen stimmungsvoll schaurig erleuchtet, nur eine einzige schwache Glühbirne war eingeschaltet.

Elli Münter war ein Profi und hielt die Geisterbefragungen in ihrem Gartenhäuschen ab, das sollte seinen guten Grund haben. Wer wollte durfte das Bild eines Verstorbenen mitbringen, das auf dem umlaufenden Regal über dem großen Tisch aufgestellt wurde. Ellis verblichener Mann thronte immer über dem Tisch und blickte intensiv auf die illustre Runde herab. Elli hatte ein Bild ausgewählt, auf dem ihr Ehemann jeden Betrachter intensiv anzuschauen schien.

Damit sich die befragten Geister mitteilen konnten, wurde ein Papier auf dem Tisch ausgebreitet. Elli schnitt es von einer großen Rolle ab und beschriftete es an den Rändern mit Zahlen und Buchstaben. Darauf stellte man das Rücketischchen, ein kleines, dreibeiniges, leichtes Tischchen aus Buchenholz, das an einem der Tischbeine einen Bleistift eingearbeitet hatte.

Die Spannung stieg, als alle Teilnehmer zwei Finger auf das kleine Tischchen legen mussten, und das Herbeirufen eines Geistes begann.

Der begehrte Gruselschauer lief den Damen den Rücken hinunter, eine pikante Mischung aus Sensationsgier und Angst bemächtigte sich ihrer.

Von diesen Erzählungen konnten die Damen nicht genug bekommen und beklagten ihre schlaflosen Nächte nach dem Genuss der Geschichten und interessierten sich mehr und mehr für das „Tischerlrücken".

Helga Scholze war derart fasziniert und wollte viel mehr davon. Darum blieb es nicht aus, sie organisierte eine Beschwörungsrunde bei sich zuhause.

Sie hatte einen geeigneten Tisch, auf den das Rücketischchen mit dem Bleistiftfuß, gestellt werden konnte. Sechs Personen durften teilnehmen. Es bildete sich ein illustrer Kreis um den Esstisch von Helga. Jeder musste zwei Finger auf das Tischchen legen, damit der Spuk beginnen konnte.

Man ging absolut sorgfältig vor, machte alles genau nach Anweisung und konnte die seltsamsten Geschichten darüber weitererzählen. So hatten die Damen lange etwas davon, die Schilderungen stießen auf wachsendes Interesse. Die Begeisterung steigerte sich zu einer Gruselserie, die den Damenstammtisch aufwühlte.

Iris verlor die Szene aus den Augen, einige der Frauen erschienen ihr doch sehr hysterisch. Sie hatte zuviel Respekt vor den überirdischen Erscheinungen. Man kann auch behaupten, sie fürchtete sich vor derartigen Begegnungen.

Es war ein sonniger Herbsttag, sozusagen ein Bilderbuchtag im goldenen Oktober, Iris schwenkte Zwetschgenknödel in brauner Butter, um sie auf der Terrasse zu verspeisen. Auf dem Grundstück ihrer Nachbarin Helga fuhr ein Möbelwagen vor und Container wurden aufgestellt. Iris sprang neugierig auf und schaute über den Zaun. Ein leiser Schrecken durchfuhr sie, als sie die gardinenlosen Fenster sah. Durch die weit geöffnete Haustüre wurden Helgas Möbel von starken Männer herausgetragen.

Es musste etwas Schreckliches geschehen sein. Iris dachte an einen Todesfall, dabei hatte sie ihre Nachbarin vor kurzem noch in einem erfreulichen Gesundheitszustand gesehen. Ein plötzlicher Schicksalsschlag, eine schlimme Katastrophe, was immer dahinter steckte, Iris wollte sich sofort Klarheit verschaffen.

Ein Anruf bei Elli könnte Aufklärung bringen, was sich auch bestätigte. „Hast du das nicht mitbekommen?" erzählte Elli aufgeregt. „Helga hat wieder eine Geisterbefragung in ihrem Wohnzimmer abgehalten und neugierige Freundinnen eingeladen die freche Fragen an den anwesenden Geist stellten und sich über die Sache lustig machten. Die Situation ist aus dem Ruder gelaufen und hat Helga aus ihrem Haus vertrieben."

Es verhält sich nämlich so, dass bei einer Geisterbeschwörung strenge Disziplin herrschen sollte. Alle Teilnehmer müssen dem Ernst der Situation gerecht werden, demütig und konzentriert sein, sich keinesfalls lustig über das Geschehene machen und das Geistwesen nicht bedrängen. Ihm zu persönliche Fragen nach einem Sterbedatum, über kommende Krankheiten anwesender oder abwesender Personen zu stellen, ist zu vermeiden. Alle Teilnehmer müssen sich mit einfacher Konversation zufrieden geben, wie etwa der Frage nach der Identität des Geistes, seinem Befinden in der anderen Welt und unaufdringlich versuchen, etwas Verwertbares zu erfahren.

Ein Geist kann gerufen werden, wenn sich alle Teilnehmer unvoreingenommen darauf einlassen, zwei Finger auf das Tischchen legen, ruhig abwarten, ob sich etwas ereignet, wie zum Beispiel das Flackern der Glühbirne. Der Geist darf nur vorsichtig kontaktiert werden, er gibt seine Antwort durch das

Rücken des Tischchens, das Buchstaben oder Zahlen umkreist und mit dem angebrachten Bleistift markiert. Alle lesen dann angespannt die Wörter, die sich aus den umrandeten Buchstaben zusammen setzen. Vielleicht ergibt sich daraus der Name des anwesenden Überirdischen oder zufriedenstellende Antworten auf gestellte Fragen. Jeder Teilnehmer hofft natürlich inständig, einen lieben Verstorbenen zu treffen, wenn auch nur als anwesender Geist.

Schilderungen über Sitzungen mit Tischchenrücken berichten immer wieder von einem Entgleiten der Situation, dass man an einen bösen Geist kommen kann, der einem dann aufsitzt und nicht mehr zu entfernen ist.

So eine Entgleisung ist der Nachbarin Helga wohl in einem so krassen Fall passiert, dass sie nicht mehr in ihrem Haus wohnen wollte, sofort zu ihrer Tochter gezogen ist und das Haus verkauft hat.

Die Sitzung vor gut einem Monat war zum Albtraum geworden. Eine Teilnehmerin machte sich über die Situation lustig, andere wollten einen Schwindel erkennen und aufklären. Der herbei gerufene Geist ließ das Tischen kreisen. Die Frage nach seinem Namen führte zu dem Wort „diabolos", was, wie sich später herausstellte, „Teufel" bedeutete. Die Frauen fügten die Buchstaben zusammen und formulierten D I A B O L O S. Einige der Damen kicherten und wiederholten das Wort. Daraufhin fing das Tischchen an, immer schneller zu kreisen, der Bleistift schwang Linie um Linie, das Papier zerriss.

Die Frauen zogen eine nach der anderen ihre Finger zurück. Helga zelebrierte die üblichen Beendigungsrituale, aber das Tischchen kreiste immer wilder. Die Frauen sprangen auf und verließen den Raum. Das Tischchen wütete weiter und konnte durch nichts gestoppt werden.

Helgas Freundin Ingrid hatte vorsorglich immer ein Fläschchen Weihwasser dabei, das sie aus Lourdes mitgebracht hatte und beschüttete das Tischchen damit. Es half nichts. Erst als das Papier fast schwarz und durchlöchert war, platzte die Glühbirne und der Spuk hörte auf.

Der Schreck war bei Helga so groß, dass sie sofort das Haus verließ und erst am nächsten Tag mit ihrer Tochter samt Schwiegersohn zurückkam.

Ein merkwürdiger brenzlicher Geruch schwebte im Raum. Die Tischplatte war ruiniert, die Fassung der Glühbirne verschmort. Ein schreckliches Gefühl machte sich breit, die Folgen der entgleisten Tischerlrück-Aktion waren nicht zu übersehen. Das zermalte Papier, das verschüttete Weihwasser, Tochter und Schwiegersohn standen fassungslos da. Helga packe ihre wichtigsten Sachen zusammen und wollte keine Nacht mehr in diesem Haus verbringen.

Ein Käufer fand sich schnell.

Zwei

Dumm gelaufen, dachte sich Iris und meinte, dass eine gewisse Hysterie der beteiligten Frauen zu der Eskalation geführt hatte. Etwas Genaues wusste man nicht. Insgeheim glaubte sie schon an die Möglichkeit, mit Verstorbenen in Kontakt zu treten. Iris war jedenfalls heilfroh, dass sie sich nicht von der Faszination dieser Sitzungen zur Teilnahme verleiten ließ. Sie lebte im Hier und Jetzt, war nicht geplagt von Ängsten über die Zukunft. Sie hatte in ihrem Leben schon manches Hindernis überwunden, war daran sogar gewachsen, wie ihr im Nachhinein klar wurde. Aus Erfahrung sah sie ihrer Zukunft optimistisch entgegen, stand „überirdischen Mächten" gelassen gegenüber, fühlte sich sogar im Einklang mit ihnen und wollte daran nicht rühren.

Ihre Zwetschgenknödel wären kalt geworden, aber ihr Hund hatte allen Mut zusammen genommen, war auf den Gartentisch gesprungen und hat alles aufgefressen. Der Teller war sauberst ausgeschleckt. Iris ärgerte sich nicht darüber, denn sie war gerecht und fand den Fehler bei sich. Um den Pudel zu scheren, breitete sie immer ein Wachstuch auf dem Gartentisch aus und ließ den Hund auf den Tisch springen, damit sie sich mit der Schur leichter tat, das Tier sozusagen auf Augenhöhe hatte. Das schonte den Rücken und gefiel auch dem Hund. Weil er überschwänglich gelobt wurde, wenn er zum Scheren auf den Tisch sprang, machte es Amigo immer gerne und sprang auf den Tisch um gelobt zu werden. Ein klassischer Erziehungsfehler, gestand sich Iris ein. Sie weiß, die süßen Knödel auch noch längere Zeit alleine zu lassen, war zuviel für den Pudel. Sie hätte den Teller in Sicherheit bringen müssen.

Was solls, sie machte sich einen Kaffee und aß ein Stück Kuchen vom Vortag. Sie war bescheiden und vor allem zufrieden. Sie schaffte sich eine Umgebung, in der alles stimmig war. Ihre Freunde, ihr Garten, ihr Haus, ihre Hunde, alles passte in ihr Leben. Probleme, Stress und Ungereimtheiten wurden vermieden oder beseitigt, ihr Leben war eine Quelle der Freude. Man kann auch sagen, sie liebt alles, wie es war, was nicht passen wollte, wurde möglichst geändert.

Unter diese Logik fiel auch ihre Ehe, die hatte sie hinter sich gelassen als sie einsehen musste, dass eine Harmonie wohl nie wieder zu erreichen war. Manches kann man ändern oder anpassen, aber was nicht geht, kann nicht erzwungen werden. Der Preis für ihre Zufriedenheit war vielleicht hoch, Iris schien das nicht so zu empfinden, denn das Resultat gab ihr Recht. Ein anderer Weg zur inneren Ausgeglichenheit wäre nicht möglich gewesen, zumindest nicht mit einem Mann an ihrer Seite, der ihr das Leben schwer machen wollte und ihr immerzu seine Überlegenheit beweisen musste.

Eine gute Freundin, eine Psychologin attestierte ihm eine „Narzisstische Persönlichkeitsstörung". Ein Charakter, der nach der Midlife Crisis nicht mehr zu ertragen war, wie sie schmerzlich feststellen musste. Nicht, dass sie nicht alles versucht hätte, wieder eine Harmonie herzustellen zwischen sich und ihrem Ehemann. Er ging auch leidenschaftlich gerne darauf ein und machte ihr Hoffnung, dass er an gemeinsamen Zukunftsplänen interessiert sei, auf ihrer Seite stünde und sie immer gerne unterstützte. Wunderbar, sie fasste immer wieder Mut, und mit ihrer Tatkraft brachte sie gemeinsame Projekte voran, organisierte Urlaubsfahrten, schmiss große Einladungen und Familienfeste. Er überließ das Planen, Aufbauen, Kinder erziehen und Organisieren ihr ganz alleine, pflegte derweilen seine Leidenschaften, wie das Golfspielen und häufige Ausflüge in Spielcasinos und versäumte es nicht, ihr ab und an kräftig in den Rücken zu fallen. An einem Reiseziel angekommen, wollte er eigentlich woanders hin, setzte es auch durch, um festzustellen, dass auch dieses Ziel nicht seinen Vorstellungen entsprach.

Er traf Fehlentscheidungen, auch auf seine Kosten, im wahrsten Sinne des Wortes. Es kostete seinen Urlaub, sein Geld und seine Lebensqualität, Hauptsache, er konnte seine Frau verunsichern, ausbremsen, ihr das Gefühl geben, sie habe alles falsch gemacht, er wäre unzufrieden. Er sprach wochenlang nichts mehr, ging noch öfters in seine Spielhallen, versuchte am Golfplatz als Platzhirsch aufzutreten, was ihm auch bestens gelang. Sie blieb stark, ließ sich nicht unterkriegen, stemmte sich immer wieder aus dem Sumpf, schlug neue Ziele vor. Er sprang ihr hilfreich bei, unterstützte sie, bis er dann wieder zuschlug.

Seine Seitenhiebe kamen ganz zufällig und unauffällig, aber heftig. Iris wusste bis heute nicht, ob er das mit Absicht plante, oder ob sein Wahn, sich über sie zu erheben, ihn einfach automatisch antrieb. Wie es auch sei, der Effekt war derselbe, sie lernte daraus und besann sich auf ihre eigenen Kräfte, die sie auch zu ihrem Nutzen einsetzen konnte.

Je mehr sie ihre Erkenntnis umsetzte, umso schlimmer waren seine destruktiven Neigungen. Bis sie ihn einfach gewähren ließ.

Sie unterließ alle Versuche, ihn einzubeziehen, gemeinsame Pläne zu realisieren, sich über sein Benehmen zu ärgern. Das brachte ihn aus dem Takt. Er konnte sich nicht mehr einbringen und nannte sie ein autistisches Kind, denn er verstand nicht, warum seine Spielchen plötzlich keine Wirkung mehr entfalteten konnten und er bei nichts mehr einbezogen wurde. Er durfte kommen und gehen, wie er wollte. Es wurde nicht mehr bemerkt. Je mehr sich Iris über die Situation im Klaren war, umso besser ging sie damit um, umso schlechter war sein Part. Er griff dann zu rabiateren Mitteln und sperrte ihr alle Konten, um sie mit dem fehlenden Geld für den Haushalt und für die Kinder aus der Reserve zu locken. Iris musste anwaltliche Hilfe in Anspruch nehmen. Dieses Verhalten brachte ihm die Bekanntschaft mit dem Recht ein und machte ihn hilflos und bodenlos böse. Die Scheidung nahm ihren Lauf.

Als Iris den Entschluss zur amtlichen Trennung gefasst hatte, wurden ihre Kräfte frei, die sie zur Rettung ihrer Ehe eingesetzt hatte und sie konnte sich auf ihre Zukunft konzentrieren.

Eine Reise in Norwegens grenzenlose Natur mit seinen Bewohnern, die fast alle am Meer im eigenen Häuschen wohnten, tat ihrer Seele gut, wenn sie sich auch wieder auf das bunte Leben in ihrer Heimat freute und mit frischer Tatkraft zurück kam.

Ihre Lebensfreude machte ihren Noch-Ehemann noch destruktiver. Mit seinem Auszug aus dem gemeinsamen Haus wollte er sie bestrafen. Seine Wutattacken waren damit weit weg von Iris. Den dreijährigen Scheidungsmarathon empfand sie wie die schlechte Inszenierung einer Komödie. Sie kannte die zerstörerischen Auftritte ihres „Noch-Ehemannes", die ein Ende der Streitigkeiten unmöglich machten, er wolle sogar die Scheidung zerstören. Wieder war es ihre Freundin, die ihr dringend anriet, das Spielchen zu beenden, denn dieser Mann würde sie bis an ihr Lebensende verfolgen. Mit der List, auf ihr zustehende Vorteile zu verzichten, gelang es ihr schließlich, das Schauspiel überraschend zu beenden. Schnell war das Scheidungsurteil verlesen, die Sitzung beendet, als der nun Geschiedene zu weiteren Tiefschlägen ausholen wollte, nun aber sogar von seinem eigenen Anwalt besänftigt wurde.

Es war vorbei, er sprach kein einziges Wort mehr mit ihr, was allerdings keine Veränderung bedeutete, denn er hatte Jahre zuvor auch kein einziges Wort mit ihr gesprochen.

Eine neue Weite, eine neue Unabhängigkeit ließen sie auf einer Wolke schweben. Sie hatte alle Grantlerei hinter sich gelassen und empfand ein Glücksgefühl der inneren Ruhe. So sollte es immer bleiben, welchen Weg sie auch einschlagen möge, egal welche Entscheidungen sie träfe.

Allerdings hat der Mensch sein Schicksal nicht so ganz in der Hand. Die Umwelt kann nur bedingt beeinflusst werden. Bei Iris begann sich einiges zu verändern.

Ein Pilz befiel ihren Lieblingsbaum, das Nachbargrundstück von Helga wurde verkauft. Der neue Besitzer war ein Bauträger, was zu schlimmsten Befürchtungen Anlass gab.

Iris ließ sich nicht von ihrem Freiheitstraum abbringen, sie pflanzte neue Bäume, legte Rosenbeete an, lud sich gute Freunde ein. Auf eine harmonische Umgebung mitten in der Stadt legte sie größten Wert, ihr Garten glich einem Urwald, er war ein Paradies für Vögel, für sie und ihre Hunde.

Drei

Helga Scholze, die weggezogene Nachbarin von Iris, hatte sich in einer Seniorenresidenz eingekauft. Sie wollte Sicherheit und Versorgung im Alter, obwohl sie keinesfalls hilflos war. Sie hatte ihr schönes Haus in ein Alten-Apartment eingetauscht.

Nicht so ihr Nachbar im Osten, ein frühpensionierter Mann, der sich mit 89 Jahren noch bester Gesundheit erfreute, aber leider seine Ehefrau begraben musste. Alleine wollte er nicht bleiben, darum war in seinem Garten bald eine Frau mittleren Alters zu sehen, die Gemüse anbaute und die Gartenarbeit erledigte. Iris dachte sich, er wird sich eine Pflegekraft ins Haus geholt haben, vielleicht eine Rumänin oder Ungarin.

Im Viertel erzählte man sich allerdings, der Eichenseer Paul hätte schon wieder eine „Neue". Iris konnte es zuerst nicht glauben, aber als sie das Paar händchenhaltend spazieren sah, wurde ihr klar, dass das Gerede wohl stimmen musste. Die verstorbene Frau von Paul hieß Anna und war eine liebe Nachbarin, die gerne zu einem Plausch an den Zaun kam. Iris erinnerte sich an ihr letztes Gespräch, als ihr Anna mitgeteilt hatte, dass sie bald an ihrer unheilbaren Krankheit sterben müsse. Das gesamte Erbe solle an ihren Mann gehen, das hatte sie noch so verfügt. Ihre eigenen Geschwister und Verwandten sollten leer ausgehen, Kinder gab es keine. Die Verwandtschaft ihres Mannes kümmerte sich dann auch fürsorglich um den Hinterbliebenen, den sie ja reich beerben würden. Bis die fremde Frau auftauchte.

Anfangs arbeitete die „Fremde" mit tief ins Gesicht hereingezogenem Hut im Garten, mähte den Rasen, pflanzte Tomaten. Dabei machte sie den Eindruck, sich im wahrsten Sinne des Wortes bedeckt halten zu wollen. Mit der Zeit war sie immer öfter zu sehen und immer normaler gekleidet. Die „Fremde" hatte das Haar zu einer Hochfrisur gesteckt und erweckte den Anschein einer durchaus adretten Frau. Es drängte sich die Frage auf, was macht diese Frau bei dem inzwischen 91-jährigen Mann nebst zweistöckigem Eigenheim und großem Garten.

Was solls, dachte sich Iris, soll er seine Freude haben, jeder wie er will. Als Paul eine Leiter an seinen großen Nussbaum stellte, trank sie gerade Tee mit einem Freund, der sie oft besuchte, denn sie hatte ein offenes Haus. Iris wollte ihrem Nachbarn nicht nachspionieren, aber ein 91-Jähriger auf einer Leiter zog eine gewisse Aufmerksamkeit, die eigentlich in Fürsorge begründet war, auf sich. Noch eigenartiger war es, dass Paul mit einer Bohrmaschine den Baum bearbeitete. Als der Baum daraufhin seine Äste immer mehr hängen ließ, bis sie fast den Boden erreichten, kam Iris der Verdacht, Paul könnte Löcher in den Baum gebohrt haben um Pflanzengift hineinzuschütten.

Warum sollte Paul so etwas tun. Wollte er den großen Baum los werden, er wusste doch, dass es die Baumschutzverordnung der Stadt nicht erlaubte, den Baum zu fällen. Starb der Baum ab, dürfte er entfernt werden. Zu derartigen Befürchtungen passte auch seine Frage, ob Iris Nussbaum im letzten Jahr auch so wenige und so kleine Nüsse getragen habe. Er dachte sogar laut darüber nach, ob er den Baum lieber fällen werde, denn er hatte schlechte Nüsse und produziere zuviel Laub, mit dem er gar nicht mehr fertig werde. Der große Nussbaum von Paul machte jedenfalls einen traurigen Eindruck.

Pauls Verwandtschaft ließ sich auch nicht mehr sehen, hatte sich etwas in der Erbfolge geändert? Auch wer nichts Böses denkt, kann sich des Eindrucks nicht erwehren, dass die „neue Frau" eventuell nicht nur an Paul Eichenseer interessiert war. Die Entfernung des riesigen Nussbaums könnte ihr gelegen kommen, denn es entstand viel Platz für einen möglichen Neubau. Auch ist in Betracht zu ziehen, dass Paul bald auch nicht mehr im Wege stehen würde.

So schlecht konnte die Welt doch nicht sein. Iris bilde sich die Vorgänge nur ein, weil sie eine zu rege Phantasie habe, bedachte ihr teetrinkender Freund und erzählte weiter von den Beobachtungen in seinem Bekanntenkreis. Vom besten Freund, der zum 70. Geburtstag seiner Ehefrau eine Reise nach Marokko plante, aber für sich alleine. Weiterhin von seinen Nachbarn, deren hyperaktiver Sohn das Haus angezündet hatte. Schließlich von einem reichen Freund, der eigentlich ein Hochstapler war, sich eine große Gruft in Traunstein gekauft und inzwischen bezogen hatte.

Eine perverse Welt, fand Iris, brühte einen frischen Tee auf und fühlt sich wohl in ihrem Paradies, das geprägt war von Harmonie, Ruhe und Zufriedenheit. Sie organisierte häufig Einladungen, auch für „Freunde", die nie einluden. Sie genoss die Offenheit und Großzügigkeit, die sie mit ihrem Lebensstil gewonnen hatte. Es gab nicht nur weibliche Besuche, auch männliche waren immer willkommen, wenn sie auch andere Absichten verfolgten. Iris machte ihnen schnell klar, dass sie Gefallen an Geselligkeit hatte, aber keine Beziehung eingehen wollte. Ihre Unabhängigkeit und Freiheit musste respektiert werden. Selbstbewusste Frauen, die souverän alleine leben, sind in dieser Stadt immer noch ungewöhnlich. So Manchem musste diese Möglichkeit erst einmal bewusst werden.

Eine Beziehung zu finden, die eine Ergänzung und Bereicherung bringt, hielt sie für extrem schwierig, eigentlich unmöglich. Es müsste ein großer Zufall sein, einen Mann zu finden, der zu ihr passte, sie nicht einengte und verbog, denn daran hätte sie auf keinen Fall Gefallen finden können. Freundinnen, die Iris seit der Schulzeit kannten, lachten über ihre Schilderung, wie sie sich einen Partner vorstellen würde. „Ja, ja, wir stricken dir Einen", spotteten sie, was Iris nicht aus der Fassung brachte, denn es musste ja wirklich nicht sein, noch einen passenden Mann in ihrem Alter zu finden. Iris hatte sich längst damit abgefunden.

Doch es gab Ludwig, einen evangelischen Pfarrer, den sie lange kannte und still verehrte. Er war verheiratet, sensibel, weltoffen, ein echter Frauenversteher. Ihre Beziehung war freundschaftlich und beruhte auf gegenseitiger Sympathie, nichts weiter. Sie trafen sich immer gerne, wenn Ludwig eine Veranstaltung ausrichtete und davon gab es viele, kulturelle Abende der Gemeinde, Konzerte, Ausstellungen, Reiseberichte und Diskussionen. Es war gut so wie es war.

Ihr väterlicher Freund Hermann besuchte sie fast jeden zweiten Tag und versorgte sie mit Neuigkeiten aus wichtigen Kreisen der Gesellschaft und war immer zur Stelle wenn Iris etwas brauchte womit er weiter helfen konnte. Das waren Kontakte zu Behörden und Verbänden, seltene und wichtige Bücher, die Iris nicht kaufen musste, denn Hermann Wagner besaß alle und brachte das Gewünschte sofort vorbei, wenn sie Bedarf anmeldete. Gute Freunde zu haben, tat gut und war wichtig.

Ihre Freizeit verbrachte Iris vor allem mit Freundinnen, alten Freundinnen aus der Schulzeit, neuen Freundinnen aus Stammtischen und zufälligen Bekanntschaften. Es fand sich immer eine Begleitung, um ins Kino zu gehen oder für ein gemütliches Frühstück im Cafe. Andere Freundinnen boten sich für einen Stadtbummel an oder für lustige Abende in Kneipen.

Zwei Wochen vor Weihnachten beobachtete Iris ihren Nachbarn Paul, wie er mit einer Kettensäge, die sich im Geäst des Nussbaums festgefressen hatte, auf der obersten Stufe einer Haushaltsleiter stand. Er hielt die verhakte Säge mit laufendem Motor genau über seinem Kopf und balancierte auf der Leiter. Iris lief in den Garten hinaus, um Hilfe zu holen.

Bis sie bei Paul angekommen war, hatte er die Säge wieder frei bekommen und berichtete ganz selbstverständlich, dass er die Äste kürzen müsse, damit sich seine Frau nicht den Kopf daran stößt. Iris gab zu bedenken, dass er für derartige Aktivitäten viel zu alt sei.

Paul meinte, „ja, die Frau darf das nicht sehen, ich höre schon damit auf". Die Frau war aber keineswegs besorgt, sie stand mit versteinerter Miene vor dem Haus und hatte die Situation beobachtet.

„Jetzt hat er sie auch noch geheiratet", dachte Iris und ging verunsichert in ihr Haus zurück. „Wenn das mal kein böses Ende nimmt, aber mit 91 ist es ohnehin zu erwarten, das Ende. Hoffentlich dauert es der „neuen Frau" nicht zu lange."

Wenige Tage später, kurz vor Weihnachten blickte Iris auf das Wohnzimmerfenster von Paul, das sie von ihrem Schreibtisch aus einsehen konnte. Die Vorhänge waren entfernt worden, auf dem Fensterbrett standen Farbkübel, aber nichts rührte sich. Am Abend brannte kein Licht, auch im ersten Stock war es dunkel, die Rollläden wurden nicht, wie sonst, herunter gezogen.

Eine ungewöhnliche, gespenstische Szenerie, dachte Iris. Sie sollte Recht haben, Paul wurde daraufhin nie mehr gesehen. Der Herztod hatte ihn dahin gerafft.

Es ist müßig, darüber nachzudenken, ob es ein natürlicher Tod war. Mit 91 Jahren und jahrzehntelangen Herzproblemen würde kein Arzt am natürlichen Herzversagen zweifeln und eine Obduktion in die Wege leiten, die den Verdacht auf eine Fremdeinwirkung auslösen könnte. Die Pietät verbot es, eine trauernde Witwe mit unnötigen Formalitäten zu belästigen. So ist es üblich, wer Böses dabei dachte, war missgünstig und neugierig.

Man ging auf die Beerdigung und legte Blumen nieder. Pauls neue Frau folgte in Schwarz gekleidet dem Sarg. Seine Verwandten, die ihm jahrelang den Garten gepflegt hatten und eigentlich erben sollten, waren nicht da.

Den Winter über war es still im Nachbargarten. Bald würde sich der Schnee auf den Nussbaum legen, der traurig die Äste hängen ließ.

Es gingen Gerüchte um, dass das Haus zum Verkauf stand.

Vier

Die Stadt war in dichten Nebel gehüllt, die Lichter kämpften sich durch die milchige Suppe. Es war viel zu warm für Weihnachten. Iris legte sich eine Reggae-CD ein und genoss den Abend, checkte ihre Emails, surfte im Internet, fütterte ihre Hunde mit frisch gekochtem Gemüse und feinem Rindfleisch, das sie extra bei einem Metzger für Hundefutter holte. Wie geruhsam, wie beschaulich, dachte sich Iris, frei nach Janosch, dem Bilderbuchautor. Sie liebte gemütliche Abende in ihrem Haus, von ihren Hunden und schönen Dingen umgeben die ihr lieb waren und mit Musik, die ihre Laune unterstrich. Zuhause war sie bei sich selbst und zufrieden.

Eine philosophische Gesprächsrunde in der Gemeinde von Ludwig befasste sich mit dem Zeitgeist, von Ängsten und der Unzufriedenheit in der Gesellschaft. Iris war an den Themen sehr interessiert und bereitete sich darauf vor. Die Gier nach Geld und Macht erfasste viele Menschen, die Geschäftsleute, die Konzerne, die Regierung und zog sich durch bis zu den einfachsten Bürgern und Harz-IV-Empfängern. Es traf keineswegs zu, dass die Reichsten die Glücklichsten waren.

Ludwig, ein sehr einfühlsamer Mensch, gestaltete die Veranstaltungen im Sinn von Bewusstwerdung des Einfachen und Wertvollen im Dasein und im Jetzt. Ludwig stellte die Zufriedenheit mit dem eigenen Leben in den Mittelpunkt und stärkte den Teilnehmern den Rücken, was dazu beitrug, dass sie die Zusammenkünfte lebensfroh verließen und sich gut fühlten.

Der Mann tat auch Iris gut, sie genoss seine Gesellschaft und unterstützte ihn gerne. Es gab nicht nur Veranstaltungen in der Kirchengemeinde, es entwickelte sich eine private Freundschaft mit Treffen im kleinen Kreis. Beliebt waren die „bunten Abende" bei Moni Wittmann.

Anfangs bewirtete sie mit Bowle und selbstgebackenen Käsekräckern. Sie war sehr reisefreudig, ihr Lieblingsziel war Amsterdam. Sie besuchte die Stadt öfters. Zum Erstaunen ihrer Reisebegleiterin führte ihr Weg direkt in die Coffee-Shops, ins De Rokerij, Resin, Barney's, oder wie sie alle hießen. Moni blühte auf, wenn sie in den oft geheimnisvollen und schummrigen Läden stand und staunte. Vermutlich war es das Verbotene, das Moni so unsagbar faszinierte. Sie, die besonders brave, fast biedere Hausfrau, verhielt sich ansonsten vorsichtig und kaum risikobereit, suchte aber dort das Extravagante, das in Holland so selbstverständlich war. Die freundliche Atmosphäre

war locker, die Räume bunt und einladend, die Musik lässig beschwingt, alles Titel, die Moni aus ihrer Jugend kannte.

Es war der Spagat, in eine für Moni verpönte Unterwelt von Süchtigen und Dealern einzutauchen und mittendrin zu stehen, die brave Moni im Coffee-Shop. Hier erlag sie der Versuchung auszuwählen, zuerst suchte sie nach unverfänglichen Mitbringseln wie Haschkeksen und Lollys, dann griff sie zum Starterset mit allen Utensilien zum Marihuana-Anbau im eigenen Garten. Das Erstaunen der eigenen Kinder gab ihr den letzten Kick. Sie, die biedere Mama gab sich weltoffen, ja unkonventionell lebensfroh. Ein tolles Gefühl für Moni, sie nahm allen Mut zusammen und bot im Freundeskreis ihre Amsterdam-Beute an.

Haschkekse und Marihuana-Tee wurden anfangs kritisch beäugt und nur zögerlich probiert. Als dann die angenehme Wirkung einsetzte, tasteten sich die Gäste langsam vorwärts zum lustigen Abend. Gerne wurde ein Chai-Latte getrunken, ein Tee aus Marihuana-Buds, Chai-Tee, Milch, etwas Butter, Vanille und Zucker. Kein wirklich harmloses Getränk, zu dem man nicht auch noch Haschkekse konsumieren sollte. Darum servierte Moni Apfelkuchen, manchmal auch selbstgebackenes Teegebäck, zart und locker.

Das gefiel, in diesen Runden wurden die besten Ideen entwickelt, die schönsten Fahrten in der Gemeindefreizeit geplant und die Themen für philosophische Abende erarbeitet. Alles im Sinn der christlichen Nächstenliebe und in Dankbarkeit für die Schöpfung. Gar nichts Böses.

Es war natürlich nicht so, dass die evangelische Gemeinde im Drogenrausch gesteuert wurde, nein, die Mitglieder hatten außer dem Gemeindesaal auch ein gemütliches Wirtshaus. Eine Traditionsgaststätte mit uriger Einrichtung und bayerischer Speisekarte. Hier traf man sich offiziell im größeren Kreis.

Der aktuelle Zeitgeist interessierte besonders. Fast alle Gemeindemitglieder empfanden die Unruhe der Zeit, die Angst vor einer vielleicht schwierigen Zukunft. Obwohl es allen sehr gut ging, fühlten viele eine Gefahr, die der Wohlstand vor sich her trieb. Wie der Tanz ums goldene Kalb konnte es nichts Gutes bringen, die Gier nach materiellen Gütern beschäftigte die Bevölkerung und machte viele blind für eine Zufriedenheit mit ihrem Leben.

Ludwig setzte Themen an, wie „Das Ruhen im Selbst", „Die innere Ausgewogenheit", „Das Vertrauen in Gott" und viele mehr. Iris unterstützte ihn, hielt Einführungen in die Themen, wählte Texte aus und leitete Diskussionen mit großem Eifer. Eine besonders gute Idee war auch die Auswahl von passenden

Filmen, die ausgeliehen, oder auch im Kino angesehen werden konnten. Eine sehr lebendige Gemeinde mit engagierten Mitgliedern, unter denen sich die eine oder andere Freundschaft entwickelte.

Es wurde vermutet, dass Iris mehr als erlaubt mit dem Pfarrer vertraut war. Tatsächlich verhielt es sich aber so, dass Ludwig eher schwul und nicht so direkt interessiert war an Frauen. Wie sich das so verhält, sind schwule Männer die besten Kumpel, ein Glücksfall für Iris. Sie hatte einen wahren Freund gefunden, der ihre Interessen teilte und in allen Lebenslagen für sie da war. Seine Frau hatte sich mit der Situation arrangiert, sie war glücklich mit dem einfühlsamen Mann und sah keinen Grund zur Eifersucht. Es hatte eben alles seine Vor-und Nachteile. Man tat gut daran, die Vorteile in den Vordergrund zu stellen.

So war es möglich, dass die beiden Frauen gut miteinander auskamen und auch gemeinsam an Ausflügen teilnahmen. Eine Tour führte sie, wie konnte es anders sein, nach Amsterdam. Moni war natürlich mit von der Partie und gab den perfekten Reiseführer ab, denn sie kannte Amsterdam wie ihre Westentasche. Man wohnte auf einem Hausboot, welches dort als Bed-and-Breakfast-Quartier angeboten wurde. Die Interessen der Reisegemeinschaft waren unterschiedlich. Eine Gruppe genoss die gigantische Museendichte der Stadt und besuchte das Van Gogh Museum, das Rijksmuseum, das Anne Frank Haus, soviel in die wenigen Tage passte, ohne dass die Grachten, Cafes und Bars vernachlässigt werden mussten.

Andere frönten dem bunten Treiben der Händler, auf dem Antiquitäten-Markt De Looier und den zahlreichen Märkten mit Trödel und kuriosen Schnäppchen in und um Amsterdam.

Wie konnte es anders sein, die Gruppe um Moni durchstöberte die Coffee-Shops und befriedigte ihre Neugierde, die zuhause geschürt worden war. Außer ein paar Keksen getraute sich keiner etwas zu kaufen, man fürchtete die Zollkontrollen und die Strafen bei der Einfuhr. Nur Moni war forscher, sie deckte ihren Bedarf, um die nächsten Monate wieder bei ihren Gästen punkten und schockieren zu können.

Es waren gelungene Tage für alle, erschöpft traten sie die Heimreise mit dem Zug an. Das Pfarrerehepaar, Iris und Moni saßen zusammen in einer Vierer-Sesselgruppe, als Grenzbeamte mit Hunden die Fahrgäste nach Zollwaren und Rauschgift fragten und den Wagon durchsuchten. Ludwig wurde blass und seine Frau konnte ihre Panik kaum verbergen, nur Moni schlief seelenruhig in ihrer Ecke. Iris versuchte cool zu wirken, aber sie kannte sich mit Hunden aus und wusste, dass jeder Stress von ihnen wahrgenommen wird und ein Verstellen nichts nützen würde. Die ruhig schlummernde Moni hatte ihre „Beute" gut im Koffer verpackt und zwischen den Sitzreihen abgestellt. Die Hunde schnüffelten nach links und nach rechts und trotteten weiter den Gang hinab, es passierte nichts, der Spuk ging ohne Folgen vorbei. Um kein Aufsehen zu erregen, ließ man Moni schlafen und gab sich gelangweilt, aber erleichtert. Das wars jetzt mit Amsterdam, dachten sich die „Eingeweihten", einmal war genug.

Iris fühlte sich in ihre Jugendzeit zurück versetzt, in der sie so manche Dummheit gemacht hatte. Diese Erinnerungen führten bei ihr zu einem über-raschenden Glücksgefühl und der Erkenntnis, dass man auch im fortgeschrittenen Alter noch ganz schön über die Stränge schlagen konnte und dass es etwas auf sich hatte mit dem Haschkonsum. Zumindest wuchs ihr Verständnis für Monis Eskapaden, es war wohl eine Sehnsucht nach der Hippie-Zeit und der verflogenen Jugend. Also alles leicht zu erklären, harmloser geht es wohl nicht. Aber ob das den Grenzpolizisten auch so eingeleuchtet hätte, durfte bezweifelt werden. Ohne den Ruch des Verbotenen wäre es sicher nicht zu der Situation gekommen. Moni war jedenfalls zuerst schwer geschockt, aber dann begeistert von der verschlafenen Gefahr. Iris glaubte, sie hat seither nie mehr Haschisch geschmuggelt. Eigentlich hätte man die Geschichte auch nur erfinden können, um Moni zu resozialisieren, denn sie hatte alles komplett verschlafen.

Doch so weit kam es dann doch nicht, sie importiere zwar kein Cannabis mehr, sondern pflanzte fleißig im Garten und auf dem Balkon, um die exklusiven Teestunden weiter genießen zu können.

So schaffte sich jeder seine heile Welt und versuchte, sich der Wirklichkeit ein kleines Stück zu entziehen.

Iris hatte es durch ihre Scheidung zu einem stillen Glück gebracht. Ihre Nachbarin Elli konnte keine Hilfe im Geisterbeschwören finden und suchte nun Schutz im Seniorenwohnheim. Doch in Iris Nachbarschaft schlug die Realität rücksichtslos zu. Frei werdende Grundstücke wurden zur Gewinnoptimierung vorbereitet. Die Immobilienbranche boomte, jeder Quadratzentimeter in der Stadt wurde in pures Gold umgewandelt. Bauträger stürzten sich auf bebaubare Grundstücke. Die alten Häuser wurden weggeschoben, denn nur Apartmenthäuser und viele kleine Reihenhäuser garantierten eine gute Ausbeute.

Iris wohnte in einem altstadtnahen Viertel, eine durchaus gefragte Wohngegend. Die Häuser hatten noch große Gärten, es herrschte eine beschauliche Atmosphäre. Das sollte sich als große Gefahr herausstellen.

Fünf

Der geschiedene Mann von Iris änderte seine Haltung nicht. Er behandelte sie wie Luft, wenn ein Zusammentreffen, bei Hochzeiten oder Taufen unvermeidbar war. Seiner Leidenschaft, sich am Golfplatz zu profilieren, ging er eifrig nach. Urlaubsreisen unternahm er nur zum Golfspielen mit der Altherrenriege. Da seine Kumpel nicht so gut bei Kasse, sprich geizig waren, wurde ein Golfrefugium in der Türkei angeflogen. Vermutlich in Belek, sieben Übernachtungen mit vier Greenfees, natürlich im Winter wenn die Preise ganz unten waren.

Es schien durchaus salonfähig, die kalte Jahreszeit am Meer zu verbringen. Der Sommer sollte verlängert und die Zeit angenehm genützt werden. Es zog sich durch alle Schichten der Bevölkerung, die Tatsache, dass das Hotelpersonal wenig bis gar keinen Lohn für diese Zeit bekam, wurde nicht bewusst hinterfragt. Seltsam, dass vor Jahren niemand auf die Idee kam, wegen der lauwarmen Temperaturen im Winter ans Meer zu fahren. Aber Dumpingpreise lassen es erstrebenswert erscheinen, das Luxusleben an den langen Buffets mit Blick auf gepflegte Gärten in palastartigen Hotels, die überall auf der Welt stehen könnten.

Der Ex von Iris war vor allem am Messen der sportlichen Fähigkeiten mit den befreundeten Spielern interessiert. Sich als geschickter und klüger zu erweisen, schien für ihn überaus wichtig zu sein. Er gab immer noch den Besten, den Schnellsten und Klügsten.

Vermutlich war er sich schon bewusst, dass er einen großen Teil seiner Erfolge im Leben, seiner geschiedenen Frau verdankte. Mit ihr hatte er noch Reisen nach Kanada, Island, Texas und Afrika gemacht, ganz ohne Golf, mit viel Natur und Kultur. Das war alles längst vorbei, er ächtet sie und erschrak auffällig bei ihrem Anblick, vor allem; wenn seine Familie dabei war. Nach außen hin sollte sie als die Zerstörerin seines Lebens gebrandmarkt werden, damit niemand auf die Idee kam, er selbst könnte beim Scheitern der Ehe beteiligt gewesen sein. Diese Rolle zieht sich ein Narziss niemals an.

Iris hatte aufgehört, sein Handeln und seine Denkweise verstehen zu wollen, seiner Gefühllosigkeit einen Sinn abzugewinnen. Es war sein Leben, seine Sicht der Dinge. Sie hatte sich davon befreit und es aufgegeben, sich Gedanken darüber zu machen und die Schuld bei sich zu suchen. Sie wusste, dass es solche Menschen gab, dass niemand daran etwas ändern konnte und sie das Recht hatte, unbehelligt ihr eigenes Leben zu führen. Sie plante es so, wie sie es für erfüllend hielt. Und es bereichert sie unendlich, es macht sie mutig und glücklich, vorwärts zu gehen, den eigenen Weg zu wählen und zu erfahren, dass es sich gut anfühlte.

Gerne erinnerte sie sich an ihre Jugend, ihr Leben vor der Ehe, als sich ihr Ich entwickelte und sie so ganz nur sie selbst war. Hier konnte sie immer wieder anknüpfen und diesen Weg weiter gehen. Sie entschied haargenau, was für sie richtig war und was sie nicht möchte. Sie frischte alte Freundschaften auf und lernte mehr und mehr, den Augenblick zu genießen. Neue Situationen durfte man austesten, aufgreifen, oder wieder verwerfen, da konnte sie nichts falsch machen.

Finanziell meisterte Iris ihr Leben geschickt. Zu ihrer Rente verdiente sie sich etwas dazu und arbeitet im Immobilienbüro ihrer Tochter Angie mit, somit hatte sie immer so viel Geld zur Verfügung, dass sie sich leisten konnte, was sie gerne wollte. Sie hatte allerdings die praktische Fähigkeit, sich das zu wünschen, was auch erfüllbar war. Ganz nach dem Motto: Glück muss man einfach können.

Iris sah das Leben als eine Entwicklung, eine Entwicklung zu sich selbst, je mehr das gelang, umso glücklicher konnte ein Mensch sein. So eine Entwicklung zum Selbst gelingt vermutlich nur, wenn das Umfeld einbezogen ist und die beteiligten Kinder, Freunde und Verwandte auch davon profitierten. Ein offener, ehrlicher Mensch mit großer Lebensfreude und Unternehmungsgeist zu sein, das war immer ihr Ziel. Wer sich für das Leben interessierte, entwickelte sich stetig weiter, wusste immer mehr und lenkte seine Geschicke immer leichter. Dies schien sich zu bewahrheiten und bescherte Iris eine Rundumzufriedenheit, die scheinbar durch nichts getrübt werden konnte.

Die Missgunst ihres Ex-Mannes war weit weg, ja nicht existent in ihrem jetzigen Leben. Sie trug ihm nichts nach, sie bedauert ihn eigentlich und wünschte ihm innerlich alles Gute, denn sie wusste, nur wer andere leben lässt, konnte selbst zufrieden sein.

Eines Tages wurde es auf dem Nachbargrundstück des verstorbenen Paul sehr laut. Iris konnte einen heftigen Streit zwischen den Neffen von Paul, die eigentlich Erben waren und seiner „neuen Frau" ausmachen. Bei offener Terrassentür war der Streit im Wohnzimmer nicht zu überhören, wenn auch die Worte nicht zu verstehen waren. Iris hatte den Verdacht, dass es ums Erbe gehen könnte, und sie lag richtig. Bald erzählte man im Viertel, dass Paul sein Testament wohl doch nicht geändert, und seine „neue Liebe" weder geheiratet noch im Testament berücksichtigt hatte. Er ließ sie in dem

Glauben, sie wäre die neue Hausbesitzerin, aber in Wirklichkeit hatte er sie doch nur als perfekte Pflegerin angeheuert.

So kanns gehen, dachte Iris. Hoffentlich hat es ihm nicht das Leben gekostet. Bosheit war ja bekanntlich kein Lebenszweck und konnte zu keinem echten Glück führen. So haben sich vielleicht beide übervorteilt und verloren. Iris kann es egal sein, es hatte alles seine Richtigkeit, die Situation im Nachbarhaus bestätigt sie in ihrer Lebenseinstellung. Sie hakte es mit den negativen Nachrichten aus der Weltpresse ab und hoffte, selbst nicht mit großen Problemen konfrontiert zu werden.

Bis ihr kurz darauf ein Bauplan zur Unterschrift vorgelegt wurde. Bauträger haben das Grundstück von Pauls Neffen gekauft und wollten vier Reihenhäuser darauf bauen. Bevor Bagger und Kräne anrückten, stand die Straße voller Polizeiautos, die Blaulichter wurden ausgeschaltet und der Garten abgesperrt. Man fand eine Leiche und identifizierte sie als den älteren Neffen von Paul.

Alle Nachbarn wurden befragt, auch Iris. Sie kam in einen schweren Konflikt, sollte sie ihre heimlich gehegten Vermutungen zu Protokoll geben, oder einfach schweigen. Sie entschied sich für Letzteres, es waren ja nur Gedankenspiele, die Polizei musste sich selbst ein Bild von der Lage machen.

Die Beamten kamen mehrmals und behaupteten hartnäckig, Iris Moser blicke direkt auf das Grundstück von Paul und müsse somit eine Beobachtung gemacht haben. Sie versichert glaubhaft, dass eine am Boden liegende Person von ihrem Fenster aus nicht zu sehen war, denn hinter dem Gartenzaun wuchs eine Hecke die eine direkte Sicht versperrte. Man hatte nur Einblick in den Garten, wenn man unmittelbar an der Hecke stand.

Unter dem kränkelnden Nussbaum von Paul lag sein Neffe rücklings im Garten und war tot.

Iris litt tagelang unter den Geschehnissen im Nachbargarten und holte sich Rat bei ihren Gemeinderatsfreunden. Am ehesten gelang es Ludwig, sie aus dem Stimmungstief herauszuholen. Wie man so schön sagt, die Zeit heilt alle Wunden. Nach einigen Tagen konnte sie zu ihren Alltagsgefühlen zurückkehren und das traumatische Ereignis mehr und mehr hinter sich lassen.

So wie früher wurde es allerdings nie mehr. Bald würde das Nachbarhaus abgerissen, der Nussbaum gefällt und ein riesengroßes Loch aus dem Garten gemacht mit einer unglaublichen Leere, mit ganz viel Lärm.

Entgegen ihrer Natur jammerte Iris gelegentlich ihren Kinder vor, wie schrecklich die Veränderungen sein werden. Das schöne Einfamilienhaus würde in eine Reihenhaus-Strasse umgewandelt. Es ziehen dann viele fremde Leute ein, die vermutlich wenig Kontakt untereinander haben und dem Wohlstand nachrennen, um sich das Häuschen leisten zu können.

Die Kinder erzählten die Geschehnisse dem Ex-Mann von Iris. Der machte sich gleich darüber lustig, dass „seine Frau" jetzt schon von der Kripo besucht wurde.

Es konnte ihr egal sein, sie war es gewohnt, mit seiner Missgunst zu leben. Natürlich war es grauenhaft, an die Leiche im Nachbargarten zu denken. Diese Vorstellung verfolgte Iris lange Zeit. Zum Glück hatte sie den Toten nicht gesehen, nur mitbekommen, dass ein Leichenwagen vorfuhr, als die Polizeiautos verschwanden. Es stellte sich bald heraus, dass der Mann einem ganz natürlichen Herzinfarkt zum Opfer gefallen war.

Doch die Veränderungen im Viertel gingen weiter. Das Haus im Norden von Iris Grundstück gehörte einer attraktiven Dame, die sich auf ihre alten Tage einen sehr eitlen Lebenspartner angelacht hatte. Er träumte von einem Penthaus im Westen der Stadt. Dort wurde ein neues Wohnviertel geplant, dort konnte man sich einkaufen und hatte noch eine gute Auswahl unter den schönen Wohnungen. Penthauswohnungen gab es natürlich wenige, vor allem solche, die für zwei Personen passend erschienen. Die Nachbarin hieß Margarete Söllner und wurde von ihrem Liebhaber so lange traktiert, bis sie sich auch für einen Wechsel ins neue Luxuswohnviertel begeistern konnte. Ihr kleines altes Haus wurde über Nacht verkauft, die Penthauswohnung gleich reserviert.

Man mochte es nicht glauben, aber der Käufer war der gleiche Bauunternehmer, der auch das Haus von Paul aufgekauft hatte. Nun konnte er das Reihenhausprojekt gleich um die Ecke laufen lassen. Ein echt lukratives Unternehmen. Es sprach sich herum, dass der Unternehmer wesentlich zur Verkaufsbereitschaft von Frau Söllner beigetragen hatte. Wenn der Käufer schon parat steht, verkauft es sich gleich leichter.

Iris ahnte noch nicht, was da auf sie zukommen könnte. Sie versuchte sich abzulenken und meldete sich für eine Gruppenreise mit befreundeten Damen an. Es ging zum Wandern nach Mallorca.

Blühende Mandelbäume waren auf der Insel nur noch vereinzelt zu sehen. Die Gruppe wohnte in einem modernen Hotel in Palma am Strand. Für den Flug mussten die Teilnehmerinnen früh aufstehen, es handelte sich um eine sehr günstige Reise, dafür mussten die Damen Einiges in Kauf nehmen. Auch das etwas seelenlose Hotel war nicht unbedingt der Renner. Mit zu wenig

Schlaf schien ein Stadtbummel genau das Richtige zu sein. Iris und ihre Freundinnen fuhren mit dem Bus in die Altstadt von Palma und schlenderten durch die malerischen Gassen. Die Luft war lau an diesem Märztag, und Iris beruhigte sich innerlich, dass es doch eine gute Idee gewesen sein könnte, diese Reise mitzumachen. In typische Kneipen konnten sie nicht zum Essen einkehren, denn im Hotel wartete die Halbpension, die ja schon bezahlt war. Immerhin genossen die Damen einen Cappuccino zum Akklimatisieren mit einem gemütlichen Plausch.

Es hätte recht nett werden können. Die Dörfer im Norden boten schöne Ausblicke auf die Bergwelt der Insel und luden zu Spaziergängen ein, wenn nur nicht der heftige Wind gewesen wäre und sogar ein kurzer Schneesturm am Nachmittag.

Spätestens jetzt stellte Iris fest, dass auch sie auf eine „Sommerverlänge-rungs-Billig-Reise" hereingefallen war. Ein Trip zur Unzeit, wie sie es zu nennen pflegte. Der Flug zur Unzeit und der Termin zur Unzeit. Es war ihr klar, sie sollte das Beste daraus machen, wenn sie schon mal dort war. So wurde es noch ganz nett, es stellte sich heraus, dass ihre Begleiterinnen recht guter Dinge waren, sie hatten Abwechslung und Gesellschaft, scheinbar ein wichtiger Aspekt für ältere Damen. Einige waren dabei, die solche Reisen bis zu zehnmal im Jahr unternahmen, in die Türkei, nach Marokko, zwischendurch kurz nach Prag, zum Gardasee. Auch kleine Kreuzfahrten, die unschlagbar günstig angeboten wurden, gehörten zum Programm.

Man verbrachte schöne Stunden im Bus, am Frühstücks- und Abendbuffet, wenn auch die Ausflüge, vor allem an windigen Tagen, immer kürzer wurden. So war Mallorca im März doch eine kleine Auszeit, obwohl Iris die Verände-rungen zuhause immer im Hinterkopf hatte. Die Reise dauerte nur wenige Tage, der Rückflug fand wieder zur Schlafenszeit statt, sozusagen zur Unzeit und man musste sich zuhause erst einmal von der Müdigkeit erholen. Ein netter Kaffeeklatsch und erholsame Stunden im Schwimmbad hätten es auch getan. Hinterher ist man immer klüger, die nächste Reise wollte doch besser geplant sein.

Der Frühling zeigte sich nun auch im Garten von Iris, sie genoss ihr schönes Heim und holte die versäumten Kaffeerunden und Schwimmbadstunden nach. Schon bald klingelte es und der Bauunternehmer stand mit dem nächsten Plan zum Unterschreiben vor der Türe. Iris verweigerte diesmal die Unter-schrift, die Reihenhäuser im ehemaligen Garten von Frau Söllner standen viel zu nahe an ihrem Gartenzaun, Iris legte Widerspruch ein.

Sechs

Es wurde ernst mit dem Kahlschlag im Nachbargarten des verstorbenen Paul, zuerst kam der Nussbaum dran. Er trieb nicht mehr richtig aus und durfte gefällt werden. Iris flüchtete ins Schwimmbad und blieb den ganzen Nachmittag dort, in der Hoffnung, das traurige Ereignis wäre dann vorüber. So war es auch, ein Stapel Holz und ein Haufen Äste blieben übrig vom stolzen Riesen.

Der Bauunternehmer suchte Iris alle paar Tage mit der Bitte auf, den Einspruch doch zurück zu nehmen. Die Bauverzögerung sei für ihn eine Katastrophe. Es war Iris sehr unangenehm, dem Mann die Stirn bieten zu müssen, aber die Vorstellung, von seinen Reihenhäusern eingeschlossen zu werden, war unerträglich für sie.

Zu allem Überfluss kam nun auch der Architekt, den die Käufer von Helgas Garten engagiert hatten, mit seinem Bauplan auf Iris zu. Das große Grundstück sollte mit zwei Doppelhäusern bebaut werden. Die Abstandsflächen erschienen für Iris annehmbar und der Entwurf ansprechend. Sie unterschrieb seine Pläne, den Fortschritt konnte sie sowieso nicht aufhalten. Auch das Bauamt strebte eine Verdichtung der Bebauung an und fand es städtebaulich positiv, freie Grünflächen um Häuser als Wohnraum zu nutzen, die Gärten wurden kleiner, die Bäume gefällt und durch Rabatten ersetzt, alles für die Optik und das Gewinnstreben, nichts für die Natur.

Iris stürzte sich in ihre Arbeit im Maklerbüro ihrer Tochter Angie, suchte sich interessante Objekte heraus, recherchierte über die Lage der Häuser und machte schöne Fotos, damit die Interessenten gerne und schnell zu einem Kauf kamen. Sie war begabt für diese Arbeit und verdiente sich so ganz leicht Geld dazu. Ihre Grundeinstellung galt auch hier, ein Geschäft soll für alle Beteiligten zum Vorteil sein, niemand wird gedrängt oder über den Tisch gezogen. Dieses Prinzip der Ehrlichkeit bewährte sich auch bei dieser Arbeit bestens. Iris suchte sich gerne die interessantesten Objekte heraus, was die anderen Mitarbeiter des Büros heimlich ärgerte, aber sie war ja die Mama und hatte natürlich Vorrechte. Da konnte man nichts machen. Dafür erschien sie nur, wenn sie Geld brauchte oder zuviel Zeit hatte, das besänftigte die „Kollegen" ein wenig.

Die Inhaberin des Maklerbüros, ihre Tochter, war mit dieser Regelung sehr einverstanden, denn Iris bescherte ihr schnelle Abschlüsse, zufriedene

Kunden und eine gute Reputation für ihr Unternehmen. Nur zufriedene Kunden empfehlen einen Makler weiter, das ist die allerbeste Werbung. Eine runde Sache, sie passte in das Lebenskonzept von Iris. Die anderen Mitarbeiter mussten die Kröte schlucken und fuhren letztendlich auch gut dabei, das freundschaftliche Arbeitsklima tat auch ihnen gut.

Das ausgeglichene, mit sich selbst zufriedene Bewusstsein von Iris kam durch die Baustellen um ihr Haus herum zunehmend ins Wanken. Sie hatte eine positive Lebenseinstellung, wachte mit Freude auf und gestaltete jeden Tag nach dem „Lustprinzip", sozusagen nach dem, worauf sie Lust hatte, das Wetter passte, oder etwas erledigt werden musste was sie gerne vom Tisch hatte.

Doch das unangenehme Gefühl, von seelenlosen Neubauten eingeschnürt zu werden, machte sich immer mehr breit in ihrem Bewusstsein. Die Baumaßnahmen fraßen alle Bäume auf und vertrieben die Vögel und die Igel. Allein der pausenlose Lärm machte die Zerstörung allgegenwärtig, ihr geliebter „Dschungelgarten" wirkte wie eine Oase in der Wüste.

Kreativ wie Iris war, versuchte sie gegenzusteuern, indem sie noch mehr Nistkästen in den Bäumen befestigte. Mit ihren Enkelkindern startete sie ein Gartenzaunprojekt mit bemalten Holzbrettern. Sie bestellte 2 m lange, gehobelte Fichtenbretter und zeichnete mit den Kindern Muster an die Kanten, wo das Holz ausgeschnitten werden sollte. Ludwig erklärte sich bereit, die Arbeit mit der Kreis- und Stichsäge zu übernehmen. So wurden aus den Brettern Totems, Figuren oder einfach nur Bretter mit einer Spitze, einer Abrundung, oder einem Spähloch in der Mitte. Mit dicken Pinseln und kräftigen Farben ging Iris mit den Kindern ans Werk und zauberte ein Kunstwerk nach dem anderen. Oft entstanden bis zu zehn Stück am Tag.

Sie verband die steinernen Zaunpfosten mit Latten und befestigte die Bretter daran.

So wurden die fehlende Hecke von Pauls und die gerodeten Büsche in Helgas Garten zumindest etwas verdeckt, damit der Blick nicht direkt auf die Baugrube mit den wachsenden Neubauten fallen musste.

Im ehemaligen Helgagarten kam der nette Architekt manchmal an den Zaun, wenn Iris fertig bemalte Zaunelemente anschraubte. Er fand immer Zeit für einen freundlichen Plausch, auch Iris verweilte gerne mit ihm am Gartenzaun, sein Name war Peter Neumeier. So blieb es nicht aus und sie lud Peter zum Kaffee zu sich ein. Es entwickelte sich so etwas wie eine Freundschaft. Die Besuche ihres väterlichen Freundes Hermann fanden ohnehin regelmäßig statt. Er überwachte alles um ihr Haus herum und inspizierte die Baustellen. Schließlich hatte er den ganzen Tag Zeit bei seinen Rundgängen genaue Beobachtungen zu machen, die gelegentlich sogar nützlich waren. Über den kreativen Zaunbau äußerte sich Hermann eher negativ. Er meinte, der Zaun präsentierte sich von außen wie ein Bauzaun, man würde meinen, die Baustelle sei bei Iris im Garten. Das wollte Iris nicht auf sich sitzen lassen und ging ebenfalls eine Runde um die Nachbargrundstücke, damit sie einen Blick auf ihren eigenen Garten werfen konnte. Sie gab Hermann Recht, es sah komisch aus. So leicht ließ sie sich nicht verunsichern, sie fasste den genialen, wie einfachen Plan, die Zaunelemente auch hinten mit Farbe zu bemalen.

Gesagt, getan, Iris schraubte Brett für Brett ab, bemalte es auf der Rückseite und brachte es gleich wieder an. So weit es zeitlich ging, unterstützten sie ihre Enkelkinder auch hierbei tatkräftig. Nun kam es aber so, dass die Zaunbretter vorne lustig mit Mustern und Ornamenten verziert waren, hinten aber böse Gesichter und Fratzen bekamen. Es entstand eine zwar bunte, aber abweisende Front zur Reihenhausbaustelle hin. So kurios, dass die Presse darauf aufmerksam wurde und einen großen Artikel vom „Paradiesvogel", der den Kahlschlag bekämpft, mit einem eindrucksvollem Bild der Zaungespenster, veröffentlichte. Die ganze Stadt nahm die Vorgänge wahr, zumal auch Iris Leserbriefe schrieb und die verweigerte Baugenehmigung gerichtsmassig wurde. Ein Kampf Davids gegen Goliath, oder die Vernunft gegen die Gewinnsucht entbrannte.

Der Bauunternehmer sah sich natürlich im Recht und wollte sein Vorhaben durchziehen. Iris hängte Plakate auf, machte Fotos, die sie der Presse zukommen lies. So erschien immer wieder ein Artikel in der Zeitung und das Geschehen konnte von der ganzen Stadt verfolgt werden.

Iris harrte auf ihrer Insel der Glückseeligen aus, sie tröstete sich mit der neu entstandenen Bekanntschaft mit Peter, den sie ohne Bautätigkeit nie kennen gelernt hätte. Eines Abends klingelte er an ihrer Haustüre mit einer Flasche gut gekühltem Champagner. Er wollte sich für die freundlich unterschriebenen Baupläne und die nette Freundschaft mit ihr bedanken. Gerne bat sie Peter herein, zündete viele Kerzen an und genoss den Abend.

Im Wohnzimmer war es dunkel, nur die Kerzen verbreiteten ein schummriges Licht, als der Bewegungsmelder das Hoflicht einschaltete. Peter blickte genau auf das Gartentor und sah eine Gestalt davonhuschen. Die Hunde schlugen an, Iris und Peter sprangen auf. Geistesgegenwärtig packte Peter

Iris am Arm und warnte: „Lass die Hunde nicht in den Garten". Er glaubte, gesehen zu haben, wie der Unbekannte etwas in den Garten warf. Als sich beide beruhigt hatten, gingen sie hinaus, ließen aber die Hunde im Haus. Auf den ersten Blick fand Peter ein Stück Wurst. Nach genauer Betrachtung entdeckten sie gefärbte Pellets in einer eingeschnittenen Tasche im Wurststück. Der Verdacht fiel sofort auf Rattengift, es war auch Rattengift.

Iris griff zum Telefonhörer und rief die Polizei. Da es sich um eine frische Tat handelte, kamen die Ordnungshüter auch sofort. Sie leuchteten den Hofraum aus und fanden noch 5 weitere Giftköder.

Der Täter hatte sich verraten, indem der Bewegungsmelder zwar nicht von ihm selbst, aber von den durch die Luft segelnden Wurststücken ausgelöst wurde. Sie hätten nichts bemerkt, wenn Peter nicht zufällig auf die Person geblickt hätte. Die zwei Hunde wären todsicher Opfer der Attacke geworden, denn Wurststückchen im Garten würden sofort verspeist werden, vielleicht sogar unbemerkt von Iris.

Die Hunde durften nur noch an der Leine in den Garten. Peter und Iris suchten mit je einem Hund das Gelände noch einmal ab, da den feinen Nasen der Hunde nichts verborgen blieb. Und tatsächlich konnte noch ein Köder im Gebüsch aufgespürt und unschädlich gemacht werden.

Iris und Peter machten einen Spaziergang mit den Hunden im nahegelegenen Park und versuchten, den Schrecken zu verarbeiten. Peter war ein perfekter Kavalier und ließ Iris in dieser Nacht nicht alleine.

Am Morgen kam wieder Besuch der Polizei, man bemühte sich, den Fall aufzuklären. Iris sollte überlegen wer für den Anschlag auf ihrem Grundstück verantwortlich sein könnte. Sie dachte zu allererst an die Probleme mit den Nachbargrundstücken. Vermutlich sollte sie eingeschüchtert werden, was zweifellos gelungen war.

Die nächsten zwei Wochen führte Iris die Hunde nur noch angeleint zu ihrem Auto. Zur Vorsicht suchte sie den Platz um das Gartentor sorgfältig ab, zuerst alleine, dann mit einem Hund an der Leine. Fand der auch nichts, lag auch wirklich kein Giftköder im Garten.

Der Nachbarschaftsstreit war bereits durch die Medien bekannt, da konnte es nicht ausbleiben, dass der nächtliche Polizeieinsatz wegen des Giftanschlags groß von der Presse aufgegriffen wurde. Iris gab Interviews und war im Nu Stadtgespräch.

Das blieb auch ihrem Ex nicht verborgen, er konnte es sich nicht verkneifen, gegenüber den gemeinsamen Kindern abfällige Bemerkungen zu machen. „Da seht ihr, was das für Eine ist. Mit Allen legt sie sich an". So klangen die harmlosesten Sprüche. Die Kinder erzählten es der Mama weiter und waren selbst etwas verwundert über diese Reaktion. Der Kreis der „Verdächtigen" erweiterte sich um den Exmann von Iris.

Sieben

Auch Hermann kam zu seltsamen Überlegungen und redete auf Iris ein. Auf den Verdacht, ihr Ex könnte sogar solch einen Anschlag auf dem Gewissen haben, reagierte er mit Unverständnis. Eigentlich sei er doch ein netter Mensch, Iris hätte sich grundlos scheiden lassen.

Sie wurde ganz ruhig und erzählte eine Begebenheit aus ihrer Ehe.

Urlaube mit dem Ex stellten oft eine große Nervenbelastung für Iris dar, doch sie war eine Kämpferin und versuchte alles, um die Ehe zu retten. Sie schlug vor, eine Reise an die Cote d`Azur zu planen. Ihr Ex zeigte sich erfreut, bestand allerdings darauf, dass Iris die Reise zusammenstellte und die Orte und Hotels vorschlug. Sie kaufte sich einen Reiseführer für romantische Hotels und erarbeitete eine garantiert pannenfreie Reise. Ihr Ex plante nicht, seine Urlaubsgestaltungen zeichneten sich durch mehr oder weniger große Pannen und Irrfahrten aus. Sie war naiv und immer noch optimistisch, voller Zuversicht auf ihre jetzt schon 32 Jahre lang andauernde Ehe.

Los gings, man fuhr über Genua, wollte sich die Stadt anschauen und ein oder zwei Nächte dort bleiben. Alles sollte spontan ablaufen, ganz so wie es ihr Ex liebte. Sie kannten Genua noch nicht und Iris freute sich auf diese Stadt. Sie war verwundert, aber auch nicht sonderlich entmutigt, als er auf der Autobahn bei Genua den Wunsch äußerte, doch gleich weiter zu fahren. Von Genua hätte er jetzt schon von der Autobahn aus genug gesehen. Was solls, das Schönste kam ja erst, die Romantikhotels an der Cote d`Azur würden auch ihn begeistern, dachte sie.

Sie übernachteten in einem seelenlosen Hotel nahe der Autobahn nach Genua. Am nächsten Morgen wollte ihr Ex ausschlafen und in Ruhe frühstücken. Ihr Ex übernahm indirekt wieder die Chaosplanung, Iris war es gewohnt und fügte sich ein. So fuhren sie erst gegen 10 Uhr weiter nach Monaco. Die Route sollte von Genua nach Monaco, Nizza und Cannes führen, mit Stopps in fünf verschiedenen, besonders netten Hotels, teils an der Küste, teils im Bergland, die Reise könnte ca. zwei Wochen dauern. Das erste Hotel war vor Monaco in Roquebrune-Village, Cap-Martin. Wie sollte es anders sein, ihr Ex wollte zuerst Monaco anschauen und dann erst ins Hotel einchecken. So wurde es gemacht. Iris war bezaubert von der mondänen Stadt und den gepflegten Parks mit zahlreichen Skulpturen von Künstlern. Man besichtigte den Grimaldi Palast, bestaunte die Jachten im Hafen und flanierte durch die Strassen mit den teuren Boutiquen.

Iris setzte sich durch und sie besuchten den Botanischen Garten, der seinesgleichen sucht und Iris restlos begeisterte.

Vor dem Casino war noch nicht viel von den Schönen und Reichen zu sehen, es war noch zu früh am Tag.

Am späten Nachmittag machten sie sich dann auf den Weg zum Hotel nach Roquebrune-Village, einem zauberhaften Platz in den Felsen über dem Meer.

Hotel - Les Deux Frères, Roquebrune-Village

Zwischen den Felsen wohnten Künstler mit kleinen Ateliers, man hätte auf schmalen Wegen in der Künstlerkolonie spazieren gehen können. Iris war begeistert und wollte sofort loslaufen, aber ihr Ex hielt sie zurück. Der kleine Platz vor dem Hotel bot eine unglaubliche Aussicht auf die Bucht. Die Lobby war mit großen Dahliensträußen geschmückt, alles war perfekt. Sie wurden in ihr Zimmer geführt, Iris konnte ihr Glück nicht fassen, man sah aus dem Fenster direkt auf das Meer, sogar vom Bett aus. Perfekter konnte man eine Reise nicht planen, es musste ihrem Ex wirklich gefallen.

Er gab sich mürrisch, Iris versuchte ihn mit ihrer Freude mitzureißen und schlug vor, auf der mehr als bezaubernden Terrasse Platz zu nehmen, zu einem herrlichen Abendessen.

Alles passte, sie bekamen einen Platz mit Blick aufs Meer, das Wetter war lau und schön, wirklich ein Träumchen vom Feinsten. Iris war so glücklich, wie konnte ihr nur so eine perfekte Urlaubsplanung gelingen. Der Ober brachte die Karte und ihr Ex vertiefte sich darin. Sie versuchte, sich mit ihm über die Auswahl der Speisen zu unterhalten, er war seltsam ruhig und als der Ober zur Bestellungsaufnahme kam, fing er eine Debatte über einen angebotenen Wein an. Er kenne diesen Wein, es sei ein ganz schlechter Wein und viel zu hoch im Preis angesetzt. Der Ober versuchte ihn zu beschwichtigen, es gelang ihm aber nicht. Er wurde von ihrem Ex mit der Begründung wegge-schickt, man wolle hier nun doch nicht speisen.

Iris verlor die Fassung, verbarg ihr Gesicht in den Händen und fing hemmungslos zu heulen an. Ihr war klar, dass ihr damals Noch-Ehemann keinerlei Ahnung von Weinen hatte und wußte nun wirklich nicht mehr weiter. Er aber war guter Dinge und schlug vor, jetzt doch das Casino aufzu-suchen und später wo anders zu essen.

Iris war froh, die Terrasse verlassen zu können, stieg ins Auto und fuhr mit ihm zum Casino. Dort konnten sie teure Autos vorfahren sehen, sie beobach-tete die Szene einige Zeit. Im Casino war aber nicht viel los, es ließen sich keine prominenten Gäste sehen, vielleicht gab es Räume, in die nicht jeder beliebig Sterbliche hinein durfte.

Wie es auch sei, es wurde Nacht und es ließ sich kein Lokal finden, indem gegessen werden konnte. Ihr Ex meinte, auf dem Weg zum Hotel findet sich bestimmt noch etwas. Weit gefehlt, alle Wirtshäuser hatten geschlossen, man ging hungrig zu Bett.

Das war also das erste Traumhotel und Iris war sehr froh, am Morgen ausche-cken zu können, um den Ort zu verlassen, zu sehr schämte sie sich mit diesem Mann.

Jetzt ging es allerdings erst richtig los. Im zweiten kleinen Hotel, wieder in einer Künstlerkolonie in den Bergen, fühlte er sich überhaupt nicht wohl, er lieferte sich wieder Missverständnisse mit dem Kellner, fand nicht den passenden Sitzplatz im zauberhaften Garten zwischen zwei Felsen, die dem Hotel den Namen gaben. Er äußerte sein Missfallen über die Reise und wollte Frankreich am liebsten gleich verlassen und nach Italien fahren und dort die Biennale, die gerade in Venedig statt fand, besuchen. Wohnen könnte man auf dem altbekannten und geliebten Campingplatz in Cavallino. Er hatte sogar vorsorglich das Zelt eingepackt, damit man flexibel sei.

Iris war flexibel, sie kannte seine Eskapaden und willigte ein, nachdem sie sich vom ersten Schock erholt hatte. Eine andere Entscheidung wäre ohnehin sinnlos gewesen, wenn es ihm nicht gefiel, blieb keine andere Wahl. Sie war die Kunstliebhaberin und besuchte gerne die Biennale. Auf dem Campingplatz fühlte sie sich auch immer sehr wohl. Vielleicht könnte es doch noch ein schöner Urlaub werden!

Nach einer Nacht im zweiten Traumhotel führte sie die Reise nach Venedig, diesmal wollte ihr Ex sehr früh aufstehen. In Venedig steuerte er einen großen Parkplatz an, um dann mit dem Vaporetto zur Biennale zu fahren. Am frühen Nachmittag kamen sie an, bezahlten die hohen Eintrittsgelder und schlenderten die Allee entlang zu den ersten Pavillons.

Iris ging in eine Ausstellung, um sich umzusehen. Ihr Ex blieb draußen stehen und wartete verdrossen. Sie dachte, einfach Ruhe bewahren und die Kunst genießen, wenn man schon mal da war.

Es dauerte keine fünf Minuten, da kam er im Stechschritt auf sie zu und herrschte sie an, was sie denn da so lange mache, er wolle sofort wieder hier raus, das sei doch alles nur Unfug und eine Verblödung der Menschheit. Sie schaltete ihr Gehirn einfach aus und ging hinter ihm her, stieg in das Schiff zurück zum Parkplatz, um mit dem Auto zum Campingplatz zu fahren.

Es wird keiner glauben, aber es war ihm nicht genug. Er holte das Zelt aus dem Auto, um festzustellen, dass er nur die Außenhaut eingepackt hatte. Darin konnte man unmöglich schlafen, da er auch die Heringe und Teppiche vergessen hatte. Zum Glück war dem Campingplatz gleich ein Campingausstatter angegliedert, den suchte man auf, um ein Zelt samt Zubehör zu kaufen.

Dieses neue Zelt stellten sie dann auf, Iris half eifrig, um ein erneutes Malheur zu verhindern. Es war ein schöner Abend am Meer, sie stellten Klappstühle um den kleinen Tisch und tranken Rotwein aus Plastikbechern, sie bemühte sich um ein Gesprächsthema. Ihr Ex bestand aber auf einer Diskussion über Kunst und die Biennale. Sie versuchte, ihn zu beschwichtigen und den Sinn von Kunst und Kultur zu verteidigen. Er lief zur Höchstform auf und bestand darauf, dass die Künstler die Welt verarschen und nur Verrückte dafür Geld ausgeben. Iris trank etwas zuviel Wein, um über den Abend zu kommen. Am nächsten Tag packten sie das Zelt ein und fuhren nach Hause. Zumindest bestand Iris darauf, ihr Ex zeigte sich verwundert.

Heute denkt sie, wie blöd muss man eigentlich sein, das so lange mitzumachen.

Hermann wurde traurig und bestürzt, ja, das hatte er nicht gedacht, aber wenn er so überlegte, komisch hat er schon sein können, ihr Ex. Er wollte wissen, warum sie nie geklagt hatte. Iris meinte, das hätte doch kein Mensch geglaubt, sie musste selbst eine Entscheidung fällen und sich von dem Mann befreien, das könnte ihr schließlich keiner abnehmen. Außerdem wollte sie keine Ehetragödien vor den Kindern inszenieren.

Heute kann sie darüber lachen, denn sie weiß, es ist eine Krankheit. Die Krankheit, Freude daran zu haben, anderen weh zu tun und alles was der Partner aufgebaut hat, zu zerstören. Zwar nicht direkt und offen, sondern verdeckt, eher zufällig, indem man die eigene Zuständigkeit weit von sich weist, aber immer die Herabsetzung und Erniedrigung nahestehender Personen anstrebt.

Ein armes Dasein dachte sie insgeheim, aber würde er so weit gehen, ihre Hunde zu vergiften. Das passte eher nicht zu ihm, aber man kann ja nie wissen, wie sich so eine Tat entwickelte.

Acht

Der Bauunternehmer war kein unguter Mensch und wagte einen neuen Versuch, um die Probleme mit Iris aus der Welt zu schaffen. Zuerst rief er an, um anzufragen, ob er denn nicht noch einmal zu einem Gespräch kommen dürfe. Iris war von der Giftattake eingeschüchtert und ließ ihn kommen. Sein Name war Manfred Hübner, er stand pünktlich mit einem Blumenstrauß vor der Türe. Iris bot ihm Kaffee an und ließ sich auf ein Gespräch ein. Es verlief konstruktiv, Iris gewann den Eindruck, dass dieser Mann keine bösen

Absichten hatte, dass er sie wohl nicht mit derart kriminellen Machenschaften einschüchtern wollte, indem er Giftköder auslegte.

Herr Hübner war erfahren mit Genehmigungsproblemen, aber auch zielstrebig und geschäftstüchtig, ein Bauunternehmer eben. Er machte ihr das Zugeständnis, den Abstand der Häuser zu ihrem Zaun um zwei Meter zu vergrößern. Iris willigte ein und nahm den Einspruch und die Klage zurück. Herr Hübner übernahm die Gerichtskosten.

Eigentlich war Iris erleichtert über die Problemlösung, die Situation war doch sehr aus dem Ruder gelaufen. Das konnte zu nichts Gutem führen.

Manfred Hübner schlug vor, Iris mit den neuen Käufern der Häuser bekannt zu machen und lud sie zum Richtfest der ersten vier Reihenhäuser ein. Vielleicht entsteht ja doch noch eine nette Nachbarschaft, dachte Iris und kam mit einem Kuchen zum Fest.

Die neuen Nachbarn waren zwei Familien mit Kindern, ein älteres Ehepaar und ein nicht anwesender Geldanleger, der das Haus vermieten wollte. Auch der Bauunternehmer Hübner und seine Frau feierten mit, es gab Kaffee mit Kuchen und ein lustiges Würstelgrillen, zur Freude der Kinder. Iris setzte sich zum älteren Ehepaar, Herrn und Frau Wenninger. Sie beschlossen bald Du zu sagen, sie hieß Gisela und er Walter. Die beiden wohnten auf dem Land und wollten in die Stadt, um im Alter nicht so viel fahren zu müssen. Vor allem Gisela war naturverbunden und inspizierte die Umgebung auf langen Spaziergängen. Iris konnte ihr viele Tipps geben, denn auch sie war täglich mit ihren Hunden am Stadtrand unterwegs.

Gisela war eine perfekte Hausfrau und kochte und konservierte für ihr Leben gern. Bei jeder Gelegenheit brachte sie besondere Marmeladen, natürlich selbst gemacht, mit. Immer wenn das Ehepaar zur Baustelle kam, schauten sie bei Iris rein, es entwickelte sich eine nette Freundschaft.

Die gesellige Gisela hatte im Handumdrehen auch Bekanntschaften mit den restlichen Bauherrschaften, natürlich auch mit dem Bauherrn von Peter. Iris pflegte ein offenes Haus, daher bot es sich an, dass man sich bei ihr traf. Es entstanden gelegentlich kleinere oder größere Runden mit Kaffeeklatsch oder auf ein Bier im gemütlichen Haus von Iris. Gisela gingen die leckeren Marmeladen bald aus, das brachte sie aber nicht in Verlegenheit, sie hatte neue Raritäten aus ihrer Küche vorbereitet. Einmal waren es eingelegte Gurken und Paprika, dann Basilikumpesto oder Bärlauchpaste. Alles aus feinsten Zutaten, mit ausgesuchten Ölen, in kleinen Gläschen, hübsch dekoriert. Iris mochte allerdings keine Marmelade und kein Pesto, darum stellte sie die Gläschen ganz hinten in ihre Vorratskammer, um sie dann irgendwie zu entsorgen oder weiter zu verschenken. Sie wollte Giselas Freude nicht zerstören.

Die sich laufend verändernde Umgebung machte Iris etwas depressiv, für sie war es ein ganz anderes Lebensgefühl, ohne ihr gewohntes Umfeld mit Obstbäumen und Vogelgezwitscher. Rohbauten wuchsen aus den Baugruben in den leergefegten Grundstücken um sie herum. Ihr Garten wirkte wie ein Überbleibsel aus einer vergangen Zeit.

Ihre Ausflüge mit den Hunden wurden immer länger, sie fühlte sich ruhelos und verunsichert, darum war sie froh, wenn Besuch kam und sie ablenkte. An den philosophischen Abenden in der Gemeinde schwand ihr Interesse, sie hatte das seelische Gleichgewicht nicht mehr, um anderen Mut zu machen.

Der Werteverfall in der Gesellschaft ließ sich vermutlich nicht aufhalten, jeder strampelte in seinem eigenen Hamsterrad, der Fokus auf das Glück im „Jetzt" schien schwierig.

Sie setzte auf ihre neue Beziehung mit Peter, das tat ihr gut und lenkte sie ab. Er erzählte von neuen Projekten mit interessanten Bauherren, manchmal begleitete sie ihn zu Baustellen. Sie interessierte sich sehr für Architektur, vor allem, wenn kreative und individuelle Häuser entstanden. Nur Bauherren mit den entsprechenden finanziellen Mitteln konnten sich solche Häuser bauen lassen. Hier steht nicht der Gewinn im Vordergrund, sondern das anspruchsvolle Wohnen, eine schöne Sache, wenn man sich das leisten konnte.

Peter wurde auch in den Kreis der ev. Pfarrgemeinde aufgenommen und fühlte sich wohl in dieser Gemeinschaft. Es blieb nicht aus, dass er die Partys bei Moni Wittmann mitmachte und allmählich auch den einen oder anderen Joint rauchte, wenn es keinen Marihuana Chai gab.

Iris und Peter kamen sogar auf die Idee, auch zuhause bei Iris mal einen Joint zu rauchen, grad so aus Jux und Tollerei.

Nach so einem vergnüglichen Abend kam am Morgen die Müllabfuhr zum Glück besonders spät und wurde von den Hunden verbellt. Peter machte sich auf den Weg zu seiner Baustelle im Nachbargarten, als bekannt wurde, dass ein Mord passiert war.

Die Nachbarin, Frau Eleonore Heinz wurde von ihrer Putzfrau tot im Bett aufgefunden. Der Notarzt diagnostizierte eine Vergiftung und holte die Polizei. Wieder wurde abgesperrt und alle Nachbarn befragt. Frau Heinz lebte sehr zurückgezogen, man sah sie kaum, sie hatte wohl wenige Freunde. Sie war die letzte verbliebene Nachbarin von Iris, mit einem kleinen Häuschen im großen Garten. Frau Heinz war sehr ordentlich, sicher eine perfekte Hausfrau, sie wollte sich nichts nachsagen lassen. Sie mähte den Rasen als erste, auf ihrem Grundstück standen nur zurecht gestutzte Bäume, damit man nicht so viel Laub hatte und große Äpfel und Birnen bekam und damit es sauber aussah. Sie war das krasse Gegenteil von Iris, die ihre Bäume wachsen lies, Gänseblümchen liebte und oft Gäste hatte.

Die Kripo schaute sehr ernst und kritisch, als sie vor Iris Türe klingelte um wieder nach Beobachtungen zu fragen. Die Situation in diesem Stadtviertel wurde auffällig. Iris konnte auch diesmal nicht weiter helfen.

Die Kripo kam am nächsten Tag wieder und berichtete, im Haus der Toten wurde Rattengift gefunden, das erst kürzlich im benachbarten Gartencenter gekauft wurde, zur Zeit des Giftanschlags auf die Hunde von Iris. Es kann davon ausgegangen werden, dass Frau Heinz die Hunde vergiften wollte.

Ihre Zugehfrau hätte auch berichtet, dass Frau Heinz einen unglaublich großen Hass auf Iris Moser hatte. Der Hass war vermutlich durch Neid genährt, die krätzige Frau war so einsam, dass sie alle Aktivitäten im und ums Haus von Iris beobachtete. Die Putzfrau kam wöchentlich und wurde dann vom neuesten Stand der Beobachtungen unterrichtet. Frau Heinz lästere vor allem über Iris: „Gestern hat sie so viel eingekauft, dass sie dreimal zum Auto gehen musste, um die Lebensmittel ins Haus zu tragen. Prompt kamen am Nachmittag 6 Frauen mit Blumen und Geschenken zum Kaffee und gingen erst um Mitternacht wieder heim."

Frau Heinz rechnete sich aus, was das alles kostet und wie sorglos Iris mit dem Geld umging. Ganz zu schweigen von den Männern, die jeden Tag aus und ein gingen. „Das reinste Bordell, in unmittelbarer Nachbarschaft, dass die sich nicht schämt". Besonders bemerkenswert fand Frau Heinz die Hunde von Iris, gleich zwei Stück und noch dazu so große Hunde, was das alles kostet, man müsse doch auch die Tierarztkosten, die Hundesteuer und das viele Futter bezahlen.

Frau Heinz leistete sich ihre Putzfrau vermutlich auch nur, damit sie einmal in der Woche einen Gesprächspartner hatte. Sie bezahlte sehr schlecht, so dass Frau Kaiser schon lange überlegte, ob sie die Putzstelle nicht lieber aufgeben sollte. Diese Überlegung hatte sich nun erledigt.

Die Kriminalbeamten kamen schon zum dritten Mal um Iris zu befragen. „Welche Bekannte hatte Eleonore Heinz?", „gab es auffällige Lebensgewohnheiten?", „hat sich in letzter Zeit etwas verändert?"

Iris musste passen, sie hatte der Frau keinerlei Beachtung geschenkt. Frau

Heinz war fast nicht zu sehen gewesen, nur bei Gartenarbeiten. Sie hatte nie das Gespräch gesucht. Iris hatte schon den Eindruck, dass sie ihr nicht gut gesonnen gewesen war. Dass es allerdings so gravierend war mit der Abneigung und sie von dieser Nachbarin intensiv beobachtet worden war, überraschte Iris zunächst.

Als sie aber über ihr freudloses Leben nachdachte, wurde ihr klar, dass die Lebensfreude im Nachbarhaus Neid erzeugen musste. Frau Heinz saß jahrein, jahraus am Fenster, allein, sparsam und unzufrieden mit ihrem Leben. Natürlich gab sie anderen Menschen oder irgendwelchen Umständen die Schuld an der Situation.

Da war die ebenfalls allein lebende Iris im Blickfeld, und Frau Eleonore Heinz hatte tatsächlich mit ansehen müssen, wie diese Nachbarin abends ausging, am Morgen auf der Terrasse frühstückte, vielleicht sogar mit Gästen und leiser Musik im Hintergrund. Wie sie sich große Hunde hielt die vermutlich Einbrecher fern hielten, die gutes Futter bekamen und Iris auf langen Spaziergängen begleiteten. Mittags kam Herrenbesuch auf einen Plausch, am Nachmittag saß eine Freundin zum Kaffee im Garten. Das musste die einsame Frau neidisch machen und sie ihre bösen Gedanken ausbrüten lassen. Als dann auch noch Peter auftauchte und bei Kerzenlicht mit Iris im Wohnzimmer saß, wurde es Eleonore zuviel.

Für Iris hatte es ein Gutes, denn die Angst vor dem Hundevergifter konnte beiseite gelegt werden, eine große Erleichterung. Es gab keinen Grund zur Trauer.

Die Kripo sah alles kritisch, die Ermittlungen ergaben, dass es nicht Rattengift war, das den Tod der Nachbarin verursacht hatte. Ein anderes Gift konnte im Haus nicht gefunden werden, darum ging man von einem Fremdverschulden aus, es wurde auf Mord ermittelt. Frau Heinz lag mit Vergiftungserscheinungen, die ein Herzversagen auslösten im Bett. Sie hatte sich vorher erbrochen, aber selbst alle Spuren im Badezimmer säuberlich beseitigt. Ordentlich wie sie war, hatte sie auch ihre Küche penibel aufgeräumt und sogar den Müll hinaus gebracht, der von der Müllabfuhr genau an diesem Morgen abgeholt wurde. Hat Eleonore selbst alle Spuren beseitigt, oder war es der Mörder, der geschickt vorgegangen war.

Die Vorkommnisse der vergangenen Monate warfen ein seltsames Licht auf Iris Moser. Sie wohnte in einem Garten, der von überhohen Holzbrettern eingefasst war, die mit Fratzen und Mustern bemalt waren. Über sie wurde mehrmals in der Zeitung berichtet, dass sie Streit mit dem Bauträger hatte, einen Prozess führte, ein Neffe des Nachbarn tot im Garten aufgefunden wurde und eine Giftattacke auf ihre Hunde für große Aufregung sorgte.

Jeder in der Stadt kannte Iris mit all ihren Problemen. Sie galt einerseits als die Heldin, die sich gegen den Wahn der Bauunternehmer und die Zerstückelung von schönen Gärten, die Vernichtung von Naturraum und das ausufernde Gewinnstreben stemmte, andererseits als Eigenbrötlerin.

Man lebte in einer Zeit, die auf Immobilienbesitz setzte, entweder um sein Geld anzulegen, oder um Geld zu machen. Die Folgen des Geldwahns waren steigende Grundstückspreise und Mieten. Die Siedlungen wurden immer anonymer, mit weniger Lebensqualität, welche in Häusern mit großen Gärten zweifellos viel höher war.

Warum konnte im Stadtgebiet kein Wohnviertel bleiben, das seinen Namen verdient, warum musste alles zerteilt und verdichtet werden? Diese Fragen wurden in der Stadt diskutiert, in Iris Nachbarschaft zeigte sich ein anschauliches Beispiel dieser Negativentwicklung.

Eine ermordete Nachbarin rückte die Szenerie in ein anderes Licht. Hat vielleicht sogar Iris die Nerven verloren; war sie den Belastungen nicht gewachsen?

Für Iris wurde es tatsächlich zuviel, was würde noch alles passieren? Wer konnte Interesse daran haben, ihre Nachbarin zu töten.

Es wurde spekuliert, Iris könnte sich in die Enge getrieben fühlen und die Nachbarin selbst raffiniert ermordet haben. Man redete eben nur und spielte alle Möglichkeiten durch, was sollte es Iris kümmern. Diese Situation setzte ihr allerdings mehr zu, als sie es sich eingestehen wollte. Sogar die freundlichen Wenningers blieben aus, es wurde ruhiger um Iris.

Neun

Manchmal dachte sie darüber nach, wie sie wohl auf die Umgebung wirken musste. Der Gedanke an eine verrückte Spinnerin konnte aus ihrer Situation durchaus entstehen. Sie begann selbst an sich zu zweifeln, als sie eines Morgens durchs Haus ging und seltsame Dinge umher standen. Eine Saftpresse im Wohnzimmer, Sektgläser am Boden, die Waschmaschine lief, obwohl keine Wäsche darin war und zum großen Schrecken, die Haustüre war offen.

Bild: Blick auf eine Villa in Camps Bay unter dem Tafelberg

Sie griff sofort zum Telefon um Peter anzurufen. Er versprach, gleich zu kommen um ihr beizustehen. Von einem Anruf bei der Polizei sah sie ab, sie musste ja die Presse fürchten, die sie dann schon wieder in das Interesse der Öffentlichkeit zerrte.

Peter sah sich alles an und wusste auch keinen Rat, außer, dass er kurz vor einer Reise nach Kapstadt war und Iris überredete, einfach alles hinter sich zu lassen und mitzufliegen, nach Südafrika.

Peters Freund, Wolf Sanders wohnte direkt unter dem Tafelberg in Camps Bay.

Auf einer Reise nach Kapstadt wird man nicht mit einem lästigen Jetlag bestraft, denn es liegt am selben Breitengrad. Für Iris genau das Richtige, sie konnte dem Chaos entfliehen und erst einmal wieder zu sich selbst finden, ihr fast unerschütterliches inneres Gleichgewicht wieder einpendeln. In dieser traumhaften Welt angekommen, entstand bei ihr das Gefühl, dass es sich dort gut leben lässt.

Kapstadt ist ein Paradies mit einer umwerfenden Natur und freundlichen Menschen, wenn auch mit Security Service, Stacheldraht und Warnanlage. Camps Bay ist ein nobler Vorort von Kapstadt mit durchwegs schönen Privathäusern in tropischen Gärten, mit Blick auf den Atlantik und den langen Sandstrand. Bei näherer Betrachtung bläst fast ganzjährig ein sehr heftiger Wind am Traumstand und das Wasser ist eiskalt. Es hat alles seine zwei Seiten, dachte sich Iris und versuchte sich zu entspannen. Denn die Schrecken der letzten Wochen daheim holten sie immer wieder ein. Peter war bemüht ihr die Highlights dieser Region schmackhaft zu machen, davon

Cape Town   Neighbourgoods Market - Rain or Shine 9:00

gab es wahrlich mehr als genug. Wolf gab ihnen Tipps um ihren Aufenthalt zu bereichern. Neu für Peter war der Neighbourgoods Market in der Albert Road an Samstagen von 9 bis 14 Uhr. Lagerhallen und Innenhöfe am Hafen wurden umfunktioniert zu einem wöchentlichen riesigen Nachbarschaftsmarkt zum Einkaufen und Frühstücken. Dort herrschte eine nette Atmosphäre des unkomplizierten Miteinanders.

Nachbarn und Händler boten Speisen, Blumen, Gebäck an und alle Gäste holten sich was ihnen gefiel. Man saß zum Frühstücken auf langen Bänken aus Brettern, die auf Gemüsekisten gelegt wurden. Die Tische waren ebenso improvisiert, die Speisen niedrig im Preis, eine wunderschöne Szene, die Iris aufatmen ließ. Ein Brunch der anderen Art, das wäre sicher auch eine gute Idee für ihre Heimatstadt - aber die deutsche Gründlichkeit würde das vermutlich nicht zulassen.

Iris steckte sofort wieder voller neuer Ideen, die sich durchaus umsetzen ließen und erfolgreich wären. Afrika ist ein Land, das im Aufbau steckt, hier schien der Zusammenhalt der Menschen wichtiger zu sein, man ahnte, dass darin die Zukunft lag.

Peter hatte die Bauleitung und Planung für ein Haus in Camps Bay übernommen. Sein Freund Wolf vermittelte ihm den Auftrag. Die Planung konnte Peter von zuhause aus machen, nachdem er kurz auf dem Grundstück war und alles vermessen hatte, was er für den Eingabeplan brauchte. Den Behördenstress übernahm der Bauherr selbst. Wolf stand ihm, in Vertretung für Peter, hilfreich zur Seite. Als der Rohbau im Wachsen war, wollte Peter für 4 Wochen vor Ort sein. Seine Arbeit nahm nur wenig Zeit in Anspruch, er konnte täglich Ausflüge mit Iris unternehmen.

Iris Haus in der Heimat wurde von ihrer Tochter bewohnt. Sie versorgte auch die Hunde. Vom nächtlichen Vorfall hatte Iris nichts erzählt, sie wollte Tina nicht beunruhigen, denn sie ahnte, es war ein böser Scherz, der nicht wirklich gefährlich war. Insgeheim hatte sie ihren Ex in Verdacht, dass er die Situation, in die Iris geraten ist, noch vollends verwirren wollte. Hatte er einen Schlüssel behalten? Fand er Freude daran, nachts im Haus herum zu schleichen, wenn die Bewohner schliefen. Er wusste jedenfalls genau, dass die Hunde neben Iris Bett lagen und nicht so leicht anschlagen um den Schlaf nicht zu stören. Es müsste schon jemand großen Lärm machen, oder ins Zimmer kommen, damit die Hunde zu bellen beginnen.

Die Erinnerungen waren schrecklich und unwirklich. Iris brauchte Abstand, den hatte sie mit dieser Reise gewonnen. Wolf bereitete fast jeden Abend ein leckeres Essen zu, das auf der Terrasse, mit Blick auf das Meer samt Sonnenuntergang, genossen wurde. Er hatte Personal, wie alle Hausbesitzer dort, darum bedeutete es für ihn keinen großen Aufwand, Gäste zu bewirten. Für Wohlhabende war Kapstadt wie ein Schlaraffenland, dank der günstigen Arbeitskräfte, des angenehmen Klimas und der atemberaubenden Natur haben sich viele Deutsche dort angesiedelt.

Wolf arbeitete als Schriftsteller und betrieb in seinem unendlich schicken Haus am Fuße des Tafelberges ein Bed-and-Breakfast. Das sicherte ihm ein solides Einkommen, unabhängig seiner Schreiberfolge. Seinen Gästen war er Urlaubsplaner und Ratgeber, damit sie sich vor Ort gut zu Recht fanden. Es war z. B. nicht gleichgültig, zu welcher Zeit man die Seilbahn auf den Tafelberg nahm. Manchmal war zuviel los und man musste lange Warteschlangen in Kauf nehmen. Oder die Spitze war in Wolken gehüllt und der Besuch sinnlos, denn man wollte ja die grandiose Aussicht genießen. So half er bei der Planung für den Besuch am Kap der Guten Hoffnung, bei Ausflügen zu den Pinguinkolonien, Walbeobachtungen usw. Um zur richtigen Zeit am richtigen Ort zu sein, ist eine fachkundige Beratung von großem Nutzen. Wolf betreute seine Kunden gut und war darum immer ausgebucht.

Mit seinen Freunden unternahm er Ausflüge in die Weingüter nach Stellenbosch, Boschendal, Spier usw. um Weine zu probieren und köstlich zu dinieren.

Am liebsten kehrte er bei Delaire ein, das feudale Weingut lag auf einem Hügel, man hatten einen Ausblick auf das von Bergen gesäumte Tal und wurden zuvorkommend bedient und mit den feinsten Speisen verwöhnt. Wolf kannte den Besitzer und wurde darum besonders hofiert. Für Iris ein unglaubliches Erlebnis, es war das Paradies. Im Garten wuchsen Proteas in allen Variationen, die Auffahrt war gesäumt mit Skulpturen verschiedener Künstler. Man trank gute Weine und bezahlte, gemessen an dem Niveau, wenig. In Deutschland könnte man sich so einen Luxus nicht leisten, dachte sich Iris. In Südafrika ist es sicher auch nur möglich, weil Unmengen billiger Arbeitskräfte zur Verfügung standen. Nicht zu vergessen, dass auch die edelsten Rohstoffe, Früchte, Gemüse, Fisch, Fleisch, Wein usw., vor Ort produziert wurden.

So tingelten sie von Weingut zu Weingut, die Lieblingsbeschäftigung von Wolf. Bei Muratie fühlte man sich ins 18. Jahrhundert zurück versetzt. Vor dem Eingang weisen Tafeln darauf hin, dass die Begehung auf eigenes Risiko stattfindet. Ein Scherz, der den spinnwebenbewachsenen Verkostungskeller

Weingut Delaire Graff Estate

Weingut Muratie

noch interessanter erscheinen ließ.

An dem Tag, an dem sie die St. George Cathedral in der Wale Street besuchten, sollte sich einiges ändern. Die Kirche war für Iris besonders beeindruckend, denn sie war der Amtssitz von Bischof Desmand Tutu, der in Zeiten des Widerstands gegen die Apartheid den Demonstranten aller Rassen Zuflucht gewährt hatte. Nach einem Stadtbummel genossen sie den Panoramablick vom Signal Hill auf das Stadtzentrum und Robben Island. Auf der Rückfahrt stoppten sie beim legendären „Roundhouse" einem Restaurant, das ihnen Wolf empfohlen hatte. Dort wollten sie sich einen Sundowner genehmigen und die Aussicht auf Camps Bay genießen.

Ihr Wagen stand noch nicht richtig in der Parklücke, waren sie schon von vier Obern mit schwarzen Anzügen umzingelt, die ihnen die Autotüren öffneten und sie ins Lokal baten. Einer von ihnen erklärte, was heute besonders zu empfehlen wäre und ob sie nicht die Speisekarte durchsehen möchten. Peter und Iris schauten sich verwundert an und mussten beide lachen, so wurden sie noch nie vor einem Lokal empfangen. Da sie hungrig waren und Regenwolken aufzogen, folgten sie den Männern ins Lokal.

„Jetzt lassen wir es mal so richtig krachen" meinte Peter. Iris sah das auch so und gleich saßen sie an einem Tisch mit Blick auf den Ozean. Die Speisekarten wurden gereicht und unaufdringlich erklärt. Ein geschulter Kellner half bei der Wahl des Weines, sehr dezent, sehr zuvorkommend. Die Zeremonien waren es schon wert, im Roundhouse einzukehren. Ein Ober brachte das Glas, der zweite schenkte ein und das bei Iris und Peter gleichzeitig. Die gewählten Gerichte wurden serviert, immer mit Zwischengängen aus der molekularen Küche mit sphärisierender Zubereitung. Ein Highlight toppte das andere. Unglaublich meinte Peter, wie könnte man sich das entgehen lassen. Iris hätte die Probleme daheim fast vergessen, als ihr Handy klingelte. Sie schaute auf die Nummer, es war ihre Tochter. Da sie auf Nachrichten gespannt war, nahm sie den Anruf an.

Aufgeregt erzählte Tina, die Kriminalpolizei wäre im Haus gewesen und wollte Iris sprechen. Als sie erfuhren, dass sie verreist war, kamen sie am nächsten Tag mit einem Durchsuchungsbefehl und durchwühlten das ganze Haus. Mitgenommen haben sie nur die kleinen Marmeladen- und Pestogläschen in der hintersten Ecke der Speisekammer. Tina solle ausrichten, dass Iris sofort heimkommen müsse um sich bei Kommissar Walter zu melden.

Die Trüffelravioli rutschten Iris von der Gabel, sie legte das Besteck hin und wurde kreidebleich.

St. George Cathedral

Peter beruhigte sie, „da können wir jetzt gar nichts machen, lass das doch einfach laufen, wir kommen früh genug zurück" Es war klar, sie konnten gar nichts ändern an der Situation zuhause. Peter bestellte einen Schnaps zwischendurch, die Ober waren verdutzt, denn das passte eigentlich nicht zum ausgesuchten Wein. Aber die Situation erforderte diese Abweichung vom Menüplan. Sie entschieden sich für einen besonderen Birnenbrand. Iris kippte den edlen Tropfen auf einen Satz in den Mund und stellte das Glas trotzig auf den Tisch zurück, Peter tat es ihr gleich und schon war die Welt wieder einigermaßen in Ordnung. Sie waren sich einig, diesen schönen Abend lassen sie sich nicht verderben. Beim nächsten Gang, einem Forellen-Risotto war Iris mit ihren Gedanken wieder bei dem herrlichen Menü in Kapstadt im Roundhouse. Die nächste Speise war das traumhafte Erdbeer-Rhabarber-Soufflè, von dem Wolf schon geschwärmt hatte. Sie blieben lange sitzen und tranken etwas zuviel Wein, denn der kurze Weg zu Wolfs Haus war zu bewältigen. Dort wurden sie schon vermisst und mussten sich entschuldigen, dass sie nicht Bescheid gesagt hatten. Als Wolf von dem Anruf hörte, war er versöhnt, bis in die späte Nacht berieten sie darüber, wie sie mit der Sache umgehen sollten und kamen wieder zu dem Schluss, gar nichts zu machen.

Die nächsten Tage verlangte der Baufortschritt viel Aufmerksamkeit von Peter, das war Iris nur recht, denn Wolfs Pool lud zum Verweilen ein. Das von Bougainvilleas überwachsene Sonnendach bot ein schattiges Plätzchen für sie. Der Pool war so gebaut, dass er zur Meeresseite hin überzulaufen schien. Ein Trick, der eine Wasserfläche vortäuschte, die ins Meer übergeht. Dabei fließt das Poolwasser lediglich in eine Überlaufrinne, von der es dann wieder ins Becken zurück befördert wurde. Der Effekt war aber bezaubernd, Iris vertiefte sich in ein Buch, schwamm einige Runden, um dann wieder den Ausblick zu genießen. So sollte der Tag ewig dauern, doch das Handy klingelte wieder. Sie wollte es eigentlich ausgeschaltet lassen, aber gar nicht erreichbar zu sein, war ihr auch unangenehm.

Es war Tina, die ihr mitteilte, dass ein Brief angekommen sei, per Einschreiben. Es war so was wie eine Vorladung der Kripo an Iris Moser. Iris ärgerte sich über diese jähe Unterbrechung ihrer angenehmen Poolromantik. Sie wies Tina an, bei der Polizei anzurufen um mitzuteilen, dass ihre Mutter in Afrika verreist sei und keine Adresse hinterlassen hatte. Man könne sie nicht erreichen. Tina wurde ganz kleinlaut und gestand ihrer Mutter, dass sie ihr bisher verschwiegen hatte, dass Herr Hübner, der Bauunternehmer auch vergiftet wurde, am Tag ihrer Abreise nach Afrika. Tina wollte der Mutter die Reise nicht zu sehr verderben, denn sie ging davon aus, dass sie nichts damit zu tun hatte. Da sich die Sache scheinbar nicht aufklären ließ, wurde der Druck der Kriminalpolizei stärker, man konzentrierte sich auf Iris. „Da bin ich jetzt aber froh, dass ich in Kapstadt bin" meinte Iris. Sie wolle sich nicht heimbewegen und den Urlaub weiter genießen. Tina sollte sie, wie sie ihr geheißen, einfach verleugnen. Iris würde früh genug in diese Misere zurück kommen.

Der Anruf brachte sie natürlich ins Grübeln, die Situation zuhause ließ sie nicht mehr los. Ihre Nachbarin, Frau Heinz, hatte sie nur oberflächlich gekannt. Aber ein Mord, das passte nicht in ihre Umgebung, so etwas hatte es noch nie gegeben. Der Fall von Herrn Hübner erschien ihr gänzlich unbegreiflich.

Die ganze Situation in ihrem ehemals paradiesischen Heim hatte sich zu einem Albtraum verwandelt. Was könnten die Marmeladen- und Pesto-Geschenke von Gisela damit zu tun haben. Davon hatten doch alle Nachbarn gegessen, es war also kein Zusammenhang möglich. Wie sie sich auch den Kopf zermarterte, diese Katastrophen wurden ihr immer unheimlicher. Es war vielleicht das Beste, sich fern zu halten, damit ihr selbst nicht auch noch etwas passierte. Womit sie nicht so ganz falsch lag.

Es würde sich alles aufklären bis sie zurück kam.

Also blieb sie in Kapstadt. Wenn Peter mit seiner Bauleitung unabkömmlich war, machte sie sich alleine ein Programm. Unkompliziert erschien ihr eine Stadtrundfahrt, um noch mehr Wissen über diese Region zu bekommen. Besonders beeindruckte Iris die Fahrt durch den District Six. Der Touristenbus fuhr andächtig langsam um dann kurz an einer Brachlandfläche zu stoppen. Die Reiseleiterin berichtete von der gewaltsamen Räumung dieses multikulturellen Zentrums mitten in der Stadt. District Six war das Musterbeispiel für die Apartheitspolitik in Südafrika in den 60er Jahren. Das Viertel wurde dem Erdboden gleich gemacht um es für die Besiedelung durch „weiße" Bewohner frei zu machen. Heute sieht man noch die leeren Flächen, die aus Ehrfurcht frei gehalten werden, im Gedenken an das geschehene Unrecht. Es wurden bis 1982 über 60 000 Menschen aus dem District Six vertrieben. Dort zu verweilen hinterlässt einen tiefen Eindruck, alle Teilnehmer der Stadtrundfahrt wurden nachdenklich und still an dem denkwürdigen Ort.

So ist und war dieses Land geteilt in ein „Unten" und „Oben" denkt sich Iris, allerdings kommen immer mehr von „Unten" in Lohn und Arbeit und können sich nach „Oben" arbeiten. Die Regierung schien bemüht, alle Menschen einzubeziehen um eine schrittweise Gleichstellung zu erreichen. Dieses Bemühen konnte überall beobachtet werden.

Iris fühlte sich wohl in Kapstadt, sie hatte nie das Gefühl, hier fremd zu sein, die Menschen waren freundlich und hilfsbereit. Wenn man die Regeln beachtete, ließ es sich dort gut wohnen. Wer hier wie Wolf lebte, gehörte zu den Privilegierten, zu denen, die es sich leisten konnten, dieses Paradies zu genießen. Die Überzahl der Menschen arbeitet für wenig Lohn, was immer noch ein schwelender Konflikt war und ein ungutes Unterbewusstsein verursachte. Die Gesellschaftsstruktur hatte einen doppelten Boden, was bei Iris doch einen bitteren Beigeschmack verursachte.

Der Rückflug rückte ohnehin immer näher, sie nützten die Zeit mit Ausflügen in die atemberaubende Natur und Tierwelt dieser Region. Wenn sich Peter um seine Baustelle kümmerte kam Iris ins Grübeln und ließ sich verleiten, im Internet an Wolfs Computer in der Heimat zu recherchieren. Sie rief die Seite der regionalen Zeitung auf und stieß direkt auf eine Schlagzeile - "Hauptverdächtige im Mordfall Heinz/Hübner ist flüchtig. Eingewachsenes Paradies-Häuschen steht leer" - Sogar ein Foto ihres Hauses war dem Artikel beigefügt. Es zeigte eine Idylle inmitten von Baustellen mit dachlosen Neubauwürfeln. Der kreative Holzzaun mit den bunten Fratzen unterstrich die Wirkung.

Vermutlich war sie kreidebleich, als sie den Computer ausschaltete und dem Hausherrn begegnete. Wolf blieb erschrocken stehen und fragte nach ihrem Befinden. Er setzte sie auf die Terrasse und brachte ihr ein Glas Wasser. Iris war froh, jemanden zum Reden zu haben und berichtete von der Entdeckung im Internet. Warum war ihr Haus leer, wo waren Tina und die Hunde? Ein Anruf brachte Klarheit, Tina war zu ihrer Schwester gezogen, mitsamt den Hunden. Im Haus war keine Ruhe mehr zu bekommen, Neugierige und Reporter belagerten es oft, sie ließen sich sogar herab, zu klingeln und Fragen zu stellen.

„Jetzt läuft die Sache total aus dem Ruder" berichtet Iris, als Peter zurück kam. Der war auch sprachlos und rief den Artikel in der Regionalzeitung gleich noch einmal auf. Erst als er es selbst gesehen hatte, konnte er den Erzählungen von Iris glauben. Sie kamen zu dem Schluss, dass es vielleicht doch keine so gute Idee war, dem Geschehen einfach kommentarlos fern zu bleiben. Für Tina war es auf jeden Fall eine Zumutung, sich der Situation aussetzen zu müssen. Ihr Flug war ohnehin für übermorgen gebucht, man würde sehen, ob sich alles rasch aufklären ließ. Iris hatte eine ungute Vorahnung! Sie konnte nachts nicht mehr einschlafen und bekam von Wolf Schlaftabletten, damit sie die Zeit bis zum Abflug gut übersteht. Den letzten Tag konnte sie nicht mehr so recht genießen. Mit etwas Wehmut genossen sie noch einmal die schönen Eindrücke dieses paradiesischen Landstrichs. Sie machten noch einen Abstecher zur Pinguinkolonie in Boulders Beach, doch die niedlichen Tiere konnten Iris auch nicht richtig aufmuntern, noch dazu verbreiteten sie einen schlimmen Gestank.

Die waghalsigen Kitesurfer mit ihren Kunststücken in der tosenden Brandung, die unglaublich schönen Meeresbuchten, das sonnige Wetter, alles erschien ihr wie ein unwirklicher Traum. Sie trank zuviel Wein, nahm Schlaftabletten und erreichte ziemlich fertig den Flughafen. Beim Check-in dauerte es auffällig lange, bis die Frau am Schalter ihre Bordkarten ausstellte. Sie wird wohl einen schlechten Tag gehabt haben, dachte Iris und war in Gedanken schon wieder bei den Problemen in der Heimat.

In ihrem Haus würde sie sich vorkommen wie auf einer Bühne und sich sofort bei der Polizei melden. Nachbarn hatte sie ja keine mehr, diese Gedanken ließen sie nicht zur Ruhe kommen, obwohl sie übermüdet war. Im Flugzeug wurde das Abendessen serviert, dann hätte man schlafen können, aber Iris lief den Gang auf und ab. Die Stewardess bat sie, sich doch zu setzen und Peter riet ihr, eine Schlaftablette zu nehmen. Obwohl nur noch einige Stunden zu fliegen waren, nahm sie eine Tablette und spülte mit Rotwein nach. „Eine halbe Schlaftablette hätte schon gereicht" erschrak Peter, aber es war zu spät.

Zehn

Die letzten Flugstunden bescherten Iris Albträume. Sie quälte sich in ihrem Sitz umher, es ließ sich keine gute Schlafposition finden. Die Wirkung des Schlafmittels war keinesfalls vorbei, als das Frühstück serviert und die Lichter in der Maschine eingeschaltet wurden. Blass und benommen versuchte sie sich mit Kaffee munter zu machen, was ihr auch leidlich gelang. Peter beruhigte und ermunterte sie, etwas zu essen. Die Landung war weich, die Heimat wieder unter ihren Füßen, es würde sich doch alles klären lassen. Iris gab sich einen Ruck, versuchte gut gelaunt zu wirken, um Peter nicht zu sehr zu demoralisieren, schließlich lag eine wunderbare Reise hinter ihnen. Sie war ihm zu großem Dank verpflichtet und wollte, dass er ihre Freude darüber spürte, so ein wunderbares Land kennen gelernt zu haben.

Bei der Passkontrolle staute sich alles, es standen zwei Männer am Schalter, die interessiert zu den beiden blicken und dann bei der Sichtung des Reisepasses Iris und Peter baten, ihnen in ein Büro zu folgen. Die zwei Beamten waren in Zivil, stellten sich als Kriminalpolizei vor und eröffneten Iris, sie würde per Haftbefehl gesucht und müsse sich unmittelbar in Polizeigewahrsam begeben. Es gab heftige Debatten, Peter telefonierte mit seinem Anwalt, doch es half alles nichts, es bestand akute Fluchtgefahr, Iris musste in Untersuchungshaft.

Nähere Angaben zur Verhaftung machten die Beamten nicht, es würde ihr alles bei der Vernehmung in ihrer Heimatstadt mitgeteilt. Iris wehrte sich nach Kräften, wurde aber in ein Polizeiauto gesetzt und ins zuständige Gefängnis gebracht. Peter musste alleine nach Hause fahren.

Wie ein Häuflein Elend saß Iris auf der Rückbank des Wagens, blass, mit Augenringen, ungeduscht, unfrisiert, mit zerknautschter Kleidung. Sie war nur noch fertig und schlief tief und fest ein. Die Beamten nickten sich zu und tippten auf Drogen. Eine Mörderin auf der Flucht!

In der Justizvollzugsanstalt angekommen, ließ sie sich apathisch in eine zugewiesene Zelle führen, sie würde zur Vernehmung abgeholt. Iris fasste sich, sie war nach dem Nickerchen im Polizeiwagen nun halbwegs ausgeschlafen und vor allem, sich keinerlei Schuld bewusst. Sie lebte ja in einem Rechtsstaat, es würde sich alles schnellstens klären. Hätte sie sich gleich bei den Behörden gemeldet, wäre es nie so weit gekommen, aber was solls, da musste sie jetzt durch. Stunden vergingen, es wurde ihr ein Mittagessen gebracht und ein Anwalt, er hieß Kampinski, meldete sich bei ihr. Man ließ ihn in die Zelle, damit er ihr beistehen und sie beraten konnte. Dietmar Kampinski war nett und beruhigend, er strahlte große Sicherheit aus und brachte liebe Grüsse von Peter Neumann. Er hatte ihr diesen Rechtsanwalt besorgt, der einer der besten Strafverteidiger der Stadt war.

Herr Kampinski redete lange mit Iris, er durchleuchtete die Vorfälle mit ihr. Er bemühte sich, ihr zu helfen, die absurde Situation zu verarbeiten und ihre Selbstsicherheit wieder herzustellen. Dass die Anklage aber so schwer angreifbar war, ahnte auch er noch nicht.

Iris konnte nach dem Gespräch wieder lachen, machte sich zurecht, soweit es den Umständen entsprechend ging und wartete auf das Verhör. Bald kamen zwei Polizisten und brachten sie in den Vernehmungsraum.

Wie im Krimi, dachte sich Iris und musste sogar schmunzeln, als die Beamten zur Vernehmung erschienen.

„Sie sind ja schon gut drauf" wunderten sich die Männer, sie stellten sich vor und fragten interessiert, was zur guten Laune von Iris beitrug. Ohne Scheu begann sie zu erzählen, wie sich doch ihre Umwelt so zum Nachteil verändert hatte und die Menschen nur nach materiellen Gütern streben. Dass sie sich gegen den Bauwahn in ihrer Nachbarschaft gestellt hatte und leider der Übermacht weichen musste, indem sie sich immer mehr in ihre Wohlfühloase zurückzog. Die Umgebung wurde zunehmend zu ihrem Feind, es gab einen Anschlag auf ihre Hunde, in ihrem Haus gingen nachts Fremde aus und ein, im Nachbargarten lag ein Toter und jetzt passierten auch noch Morde. Sie konnte dort vermutlich nicht mehr wohnen und möchte endlich nach Hause, um sich neu orientieren und ihre Hunde versorgen zu können.

Die Beamten hörten ihr mitfühlend zu und waren sich einig, doch einen Arzt hinzuziehen zu wollen. Sie verabschiedeten sich freundlich und beendeten die Vernehmung.

Ihr Anwalt war zu spät gekommen, er hatte in der Zwischenzeit die Anklageschrift eingesehen. Als er zur Vernehmung erschien, war alles schon vorbei.

Er traf Iris im Besucherraum und erklärte ihr die Anklage.

Die Theorie der Kripo war, dass Frau Eleonore Heinz und Herr Manfred Hübner mit einem Gift getötet wurden, das in der Speisekammer von Iris gefunden wurde. Und zwar genau in den Bärlauch-Gläschen, die sie von der neuen Nachbarin Frau Wenninger geschenkt bekommen hatte. Es wurden keinerlei Anhaltspunkte gefunden, die eine andere Erklärung zugelassen hätte. Iris sollte den Gläschen Gift beigemischt und sie verschenkt haben. Menschen die ihr nicht wohl gesonnen waren, sollten so bestraft werden. Außerdem wird davon ausgegangen, dass Iris verwirrt sei und an Altersstarrsinn und Verfolgungswahn leidet, was sich laufend gesteigert hätte, je mehr sie unter Druck gesetzt wurde und je mehr sich ihr Umfeld verändert hätte.

Ein klares Tatmotiv, eine hilflose alleinstehende ältere Frau wird unter unerträglichen Druck gesetzt, sie ist verwirrt, entwickelt Rachefantasien, hat Zugang zu Gift und versetzt die netten Pesto-Gläschen damit. Bei Gelegenheit verschenkt sie Gläschen um Gläschen an ihre Feinde. Rache befreit die Seele, man brauchte selbst nicht Hand anzulegen, denn die Wirkung setzte todsicher ein. Die Veränderungen um sie herum hatten die Frau in eine schwere Krise gestürzt, in der sie still und heimlich Rache geplant und auch genommen hatte. Für die Kripo war dieser Hergang nachvollziehbar und schlüssig.

Die Ermittlungen hätten auch ergeben, dass die Fingerabdrücke des Bauunternehmers Hübner im Haus von Iris gefunden wurden, an den Türen, an der Waschmaschine usw. Vermutlich sei er bei Iris zu Besuch gewesen, als sie ihm das vergiftete Pesto geschenkt hatte. Das passte für die Polizei genau in den Tathergang. Ein Puzzlestück fügte sich in das Nächste.

Bei Frau Heinz sah die Kripo auch ganz klar, denn Iris hatte der verschrobenen Nachbarin tatsächlich einige Gläschen mit Marmelade bei ihren wenigen Begegnung am Gartenzaun geschenkt. Iris mochte keine Marmelade und dachte, Frau Heinz wäre so sparsam und schätze das Eingemachte vielleicht.

Alles sehr logisch, die Ermittlungen ergaben aber auch, dass Frau Heinz vierzehn mumifizierte Katzenleichen in ihrer Garage deponiert hatte. „Noch eine Spinnerin, das ist schon ein ganz besonders gruseliges Viertel", meinte der Kripobeamte als Rechtsanwalt Kampinski die Akte durchlas. Da man schon bei der Ermittlung war, wurden die Katzen auch untersucht und bei allen Rattengift diagnostiziert, sie standen also nicht im Zusammenhang mit den Giftmorden an den Nachbarn. Diese Erkenntnis machte aber den Hass, der zum Tod von Frau Heinz führen konnte nachvollziehbar, vielleicht war Iris der Tierhasserin auf die Schliche gekommen.

Frau Heinz war eine Katzenmörderin und schreckte auch vor Hunden nicht zurück. Damit niemand Verdacht schöpfte, hat sie die toten Tiere eingepackt und in ihrer Garage deponiert, zumindest die Katzen die auf ihrem Grundstück verendet sind, wie viele sie wirklich auf dem Gewissen hatte, lässt sich nur ahnen. Da sie kein Auto besaß, musste sie diesen Raum so gut wie nie betreten. Es erklärten sich aber die Schwaden von Verwesung, die an feuchten Tagen durch die Gärten wehten, vor allem im Frühjahr, wenn die Luft wärmer wurde. Irgendwann wird einem vieles klar, dachte Iris. Es waren keine Pelzhändler, die alle Katzen weggefangen hatten. Seit Jahren hingen überall Vermissten-Flyer, die von verzweifelten Katzenhaltern aufgehängt wurden, weil sie ihren Liebling schmerzlich vermissten.

Mit Schaudern wurde Iris klar, zu welchen Verrücktheiten einsame alte Frauen fähig sind. Was sie in ihrer heimlichen bösartigen Zurückgezogenheit für unglaubliche Bosheiten aushecken. Beim Verarbeiten der Neuigkeiten vergaß sie, ihre eigene Situation zu überdenken, sie war immer noch felsenfest davon überzeugt, dass sich ihr Problem bald in Wohlgefallen auflösen müsste. Dann war da noch die Tatsache, dass Herr Hübner wohl der nächtliche Besucher in ihrem Haus war. Sollte der nette Bauunternehmer doch ein hinterhältiger Immobilienhai gewesen sein? Wie konnte es anders sein. Mit der genialen Idee, Iris in die neue Nachbarschaft mit Richtfesteinladungen einzubinden, verfolgte er nur das Ziel, dass sie seine weiteren Bauprojekte akzeptierte. Nein, auch das war ihm nicht genug, er hätte noch viel mehr Geschäfte mit neuen Häusern machen können, wenn auch Iris ihr Haus aufgegeben hätte und weggezogen wäre. Sicher hatte er noch viel mehr Ideen, um ihr Angst zu machen und sie aus ihrem gemütlichen Haus zu vertreiben. Einen Nachschlüssel musste er sich wohl anfertigen lassen, um in ihr Haus zu kommen. Vermutlich ist es ihm gelungen, einen Abdruck von ihrem Schlüssel zu machen, als sie in den Baustellen feierten und die Räumlichkeiten besichtigten. Iris hatte ihre Tasche immer unbeaufsichtigt auf den provisorischen Bierbänken liegen lassen. Sie wird wohl einige Tage brauchen, um diese Horrorvorstellungen zu verarbeiten. Immerhin ist sie jetzt ihr Nachtgespenst und die Hundemörderin los. Sie hatte schon geplant, Nachtsichtkameras in ihr Haus einbauen zu lassen, das konnte sie sich jetzt sparen.

Iris war völlig durcheinander, als Herr Kampinski ging. In ihrer Zelle alleine gelassen verfolgte sie das Szenario um ihr Haus die ganze Nacht. Dass sich der Anwalt bemühte, ihre eigene Verteidigung auszuarbeiten, hatte Iris zu dem Zeitpunkt nicht ernst genug genommen. Sie beruhigte Herrn Kampinski mit der festen Vorstellung, dass die vergifteten Gläser mit Pesto, Kräuterpasten und Marmeladen ausschließlich von Frau Wenninger stammen konnten. Die nette Gisela Wenninger hatte die Köstlichkeiten doch bei jedem Besuch reichlich verschenkt, sie wollte mit allen Nachbarn eine gute Beziehung aufbauen und schnell ins Gespräch kommen. Mancher Beschenkte, wie auch Iris gaben die Gläschen unbesehen weiter, wenn sie keinen Bedarf dafür hatten. Iris brauchte keine Marmelade, denn sie mochte nur Honig zum Frühstück. Die „grünen" Gläschen mit Kräutern und Pesto hatte sie noch nicht probiert, weil sie gerade nicht in den Speiseplan passten. Vermutlich hatte es ihr das Leben gerettet, denn ein Glas in ihrer Speisekammer war angeblich auch vergiftet. Nicht auszudenken, was alles passieren hätte können. Eigentlich war sie erleichtert, all dem Schlamassel entflohen zu sein. Es konnte nur aufwärts gehen. Sie wollte heim um sich klar zu machen, wie sich alles entwickelt hatte. Obwohl sie sich fast nicht mehr richtig vorstellen konnte, in ihrem Haus zu wohnen. Zu viel ist in der kurzen Zeit passiert. Sie musste sich eingestehen, dass sie sehr verunsichert war, ihr „Daheimgefühl" war schwer beschädigt worden.

Der Schreck fuhr ihr durch alle Glieder, als ihr der tote Neffe von Paul einfiel,

der ist noch gar nicht erwähnt worden, war es vielleicht doch kein „natürlicher" Herzinfarkt. Fast hätte sie sich mit der fatalen Situation vertraut
gemacht, schien sich die nächste Grausamkeit anzubahnen. Wird der Tod
von Pauls Neffen weitere Ermittlungen nach sich ziehen? Frau Wenninger mit
ihren Gläschen hatte doch keine Bekanntschaft mit dem Toten und kam erst
später in den Nachbarschaftskreis.
Iris wollte in ihr Leben zurück und machte die Vollzugsanstalt rebellisch. Sie
pochte an die Zellentüre um einen Beamten herbei zu holen und verlangte,
sofort frei gelassen zu werden, denn untätig herum zu sitzen, wäre ihr nicht
länger zuzumuten, obwohl in ihrer Nachbarschaft alles den Bach runter ging.
Die Polizei müsste doch in der Lage sein, den Sachverhalt in angemessener
Zeit aufzuklären. Es kam eine Justizbeamtin und brachte ihr einen Schlaf-
saft, den sie sofort trinken sollte. Iris gab auf, es war schon Mitternacht und
sie wollte selber Ruhe finden und schluckte die Medizin hinunter. So ging
auch diese Nacht vorbei.

Elf

Iris war noch benommen vom Schlafmittel, als ihr ein Frühstück gebracht
wurde. Lustlos kaute sie auf dem Brötchen herum, der Kaffee war gewöh-
nungsbedürftig. Schließlich war sie in keiner italienischen Kaffeebar, dachte
sie, in der Hoffnung, diesen Ort doch alsbald verlassen zu können. Kaum
hatte sie sich angezogen, kamen zwei Beamtinnen. „Wir bringen sie jetzt
zur Untersuchung" erklärten sie lapidar und forderten Iris auf, ihnen zu
folgen. Iris wehrte sich und erwiderte erbost: „Was wollen sie denn von mir,
untersuchen sie doch lieber die Morde. Geht denn hier gar nichts vorwärts!"
Sie versuchte sich zu widersetzen, wurde aber kurzerhand von den Frauen
links und rechts untergehakt und aus der Zelle geführt. Sie wehrte sich
nach Kräften, aber den eisernen Griffen konnte sie sich nicht entwinden.
Die Justizbeamtinnen gaben Iris lautstark zu verstehen, dass sie kooperieren
sollte, ansonsten müsse man ihr Handschellen anlegen. Sie gab nach und
man zerrte sie in einen Wagen, der im Gefängnishof bereit stand. Sie fügte
sich, was sollte sie auch dagegen unternehmen. Das Auto fuhr durch die
Stadt in Richtung Süden. Sie kannte sich aus und sah schon die Türme des
Bezirksklinikums, das sie direkt ansteuerten.
„Was soll ich im Irrenhaus, tobte Iris, bin ich denn hier die einzige Normale!"

Iris war außer sich, sie verlangte nach ihrem Anwalt und versuchte, aus dem Auto zu entkommen. Die Beamtinnen hielten sie tapfer fest, der Fahrer telefonierte, sie passierten das Einfahrtstor und hielten vor einem freudlosen Gebäude. Offensichtlich wurden sie schon erwartet, zwei Männer in weißen Krankenhausanzügen kamen auf den Wagen zu. Iris wurde aus dem Auto gezogen und in das Gebäude geführt.

Es wurde ihr klar, jetzt war sie im Irrenhaus. Sie schimpfte lauthals und wollte sofort mit ihrem Anwalt sprechen, oder einem Richter vorgeführt werden, um die Situation zu klären. Das „Pflegepersonal" ignorierte sie einfach, Iris konnte schreien und toben soviel sie wollte, niemand reagierte. Scheinbar, denn bald kam eine junge Ärztin. Die Pfleger hielten Iris fest und sie bekam eine Spritze, auf die sie schnell ruhiger wurde.

Sie saß auf einem Stuhl im Flur, war völlig aufgelöst und von der Spritze gedämpft, aber doch in dem Bewusstsein, auf eine Katastrophe zuzusteuern. Wo waren ihre Freunde, ihr Anwalt, ihre Kinder, ihre Hunde, das konnte doch alles gar nicht sein. Sie fühlte sich wie lebendig begraben, ohne Ausblick auf etwas Realität, die sie aufgreifen könnte, um sich aus dieser Lage zu befreien, oder sich wenigstens zu orientieren. Sie fing an zu weinen, wollte sich aber nicht hilflos mit dieser Situation abfinden und schrie ohrenbetäubend in den langen Gang „ich bin ein Mensch und verlange mein Recht" so ging es wenige Minuten, bis eine sehr nette Pflegerin sanft auf Iris zuging, ihr die Hand reichte und sie bat, doch mitzukommen. Die Freundlichkeit tat ihr gut und sie ließ sich in ein Krankenzimmer führen in dem zwei Betten standen. Es wurde ihr das rechte Bett zugewiesen, sie sollte sich ausruhen, sie würde bald vom Arzt geholt.

Doch das war für Iris wieder viel zu viel, sie wollte sich nicht ausruhen und warten, sie wollte in kein Krankenhaus und schon gleich gar nicht eingesperrt sein. Das hatte sie jedenfalls sofort begriffen, sie war in einer geschlossenen Abteilung im Nervenkrankenhaus. Sie ließ sich nicht auf das Bett setzten, sprang zum Fenster, riss es auf und schrie hinaus um Hilfe zu holen. Natürlich war es vergittert, ein Hinausspringen war nicht möglich. Sie hörte nicht auf, verzweifelt um Hilfe zu rufen, bis eine zweite Pflegerin kam, sie vom Fenster wegzerrte, auf das Bett drückte und ihr wieder eine Spritze verabreichte.

Dann war erst einmal Ruhe, Iris schlief, der Tag verging, es wurde Nacht und allmählich ließ die Beruhigungsspritze nach. Benommen wurde sie wach und versuchte sich zu Recht zu finden. Ein schwaches Nachtlicht brannte neben der Türe, sie erkannte das Fenster, von dem man sie weggerissen hatte. Ihr wurde klar, wenn die Pfleger meinen, sie sollte schlafen, dann war das Gesetz, sie würde schlafen, so oder so. Sie war der Gewalt hilflos ausgeliefert, wie in einem gruseligen Thriller, nur, sie war nicht im Kino, sondern mittendrin. Sie versuchte klare Gedanken zu fassen, beruhigte sich damit, dass es ja eine Welt „draußen" gab, mit ihren Freunden, die ihr helfen würden. Eigentlich könnte sie hier gelassen abwarten, es wäre wohl auch der beste Weg damit umzugehen. Nur was hilft das alles, wenn man Feinde hat, aber das wusste sie damals noch nicht.

Gedankenversunken rolle sie sich in „ihrem" Bett zusammen und versuchte wieder einzuschlafen. Ein Rascheln machte sich im Zimmer breit und jemand stupste sie von hinten an. Ein aufgedunsenes, zerfurchtes Gesicht beugte sich mit einem irren Grinsen über sie und begann sie kräftig zu schütteln. Iris sprang aus dem Bett und stand vor einer geifernden alten Frau, die eifrig gestikulierte und nicht sprechen konnte oder wollte.

Okay dachte Iris, du bist in einem Irrenhaus, es ist alles normal, keine Panik, ging einfach aus dem Zimmer und setzte sich in eine Fensternische am Flur um den Morgen abzuwarten. Eine Nachtschwester entdeckte sie schließlich und wollte sie in ihr Bett bringen. Da Iris keinerlei Lust verspürte, noch einmal so geweckt zu werden, weigerte sie sich, in das Zimmer zurück zu gehen. Sie gab der Pflegerin zu verstehen, dass sie sich vorkommt wie in einer Geisterbahn, was sollte ihr denn noch alles passieren, die Fensterbank wäre dem Zimmer vorzuziehen, sie bliebe dort. Es kam wieder eine zweite Pflegerin und man führte Iris zu ihrem Bett und deckte sie zu. Ihre Zimmernachbarin lag ruhig und scheinbar tief schlafend in ihrem Bett. Die Nachtschwestern schüttelten den Kopf, verließen den Raum und sperrten die Türe ab. Sie wollten wohl diese Nacht ihre Ruhe haben.

Schlafen konnte Iris jetzt nicht mehr und setzte sich in ihr Bett. Sofort wurde auch ihre Zimmergenossin munter, setzte sich ebenfalls auf und nickte ihr freundlich zu. Beide schalteten die Nachttischlampe ein und taxierten sich gegenseitig. Die aufgedunsene alte Frau fand schließlich doch Worte und fragte Iris nach dem Grund ihres Aufenthaltes. Sie antwortete freundlich, denn sie schämte sich, dass sie so heftig auf den ersten Anblick der Frau reagiert hatte. Die Frau fragte weiter und weiter, sie wollte genau wissen, wo Iris wohnte, warum sie im „Krankenhaus" war, wie viele Kinder sie hatte, ob sie verheiratet war, Fragen über Fragen. Bis zum Morgengrauen erteile Iris genaue Antworten auf die Fragen der Zimmergenossin, welche allerdings keine Gegenfragen zuließ. Es war schon vier Uhr, als Iris unendlich müde wurde und sich noch einmal ins Bett einkuschelte, als die nun doch nicht so nette Leidensgenossin zum Rundumschlag ausholte. Sie fing an, Iris zu beschimpfen, dass sie eine so böse Frau sei, die ihren Mann im Stich gelassen hatte. Sie wäre eine Schmarotzerin, weil sie alleine in einem großen Haus wohnt und das Schrecklichste, sie ist eine bösartige Tierquälerin, weil sie aus Egoismus große Hunde mitten in der Stadt hält, das sei den Tieren nicht zuzumuten. Sie wäre sicher auch eine Mörderin, eine unglaublich schreckliche Frau, die eine schwere Strafe braucht und nur Böses in die Welt bringt. Die Schimpftiraden waren scheinbar endlos. Iris raffte sich noch mal auf, um die entsetzte Frau zu beruhigen. Sie redete freundlich auf sie ein, doch die geriet schier ganz aus der Fassung, sprang auf und fing an zu kneifen und zu stoßen. Iris konnte sie einige Zeit von sich abhalten, doch die Frau redete sich so in Rage, dass sie auf Iris einschlug, mit immer neuen Anschuldigungen und steigender Aggressivität.

Iris wolle aus dem Zimmer fliehen, doch es war abgeschlossen. Es blieb ihr nichts anderes übrig, als an die Türe zu hämmern und um Hilfe zu rufen. Nach einigen Minuten kam die Nachtschwester, sie fand eine völlig aufgelöste Iris und eine tief schlafende Zimmergenossin vor. Iris drückte sich aus dem Zimmer und erzählte unter Tränen von den Angriffen der Bettnachbarin. Alle Aufforderungen, sich wieder ins Bett zu legen stießen bei Iris auf heftige Gegenwehr. Die Schwester gab nach, holte eine zweite Schwester und beide führten Iris in ein anderes Zimmer in einem Parallelgang. Dort legten sie Iris in ein Bett und verschlossen die Türe.

Es wurde ganz ruhig, Iris schaute sich um, es war kein Zweifel, sie war in einer sogenannten „Gummizelle" gelandet. So leicht kann man eine steile Karriere machen im Irrenhaus, dachte sie sich und schlief noch eine Runde, denn müde war sie jetzt wirklich.

Um 7:00 Uhr wurde sie schon geweckt. Die Pflegerin fragte vorsichtig, ob Iris gut geschlafen hat. Ihre Zimmergenossin hätte schwer gejammert über das nächtliche Randalieren von Iris. Schon gut, dachte sich Iris, es hatte ja doch keinen Sinn etwas zu entgegnen. Sie schlürfte ihren Kaffee, bekam Anstaltskleider und wurde zu einem Stationszimmer geführt. Eine unglaublich nette Oberschwester erklärte ihr die Therapie, nach der sie sich besser fühlen würde. Sie soll drei gelbe Pillen dreimal täglich schlucken und am Abend noch einmal zwei blaue Tabletten dazu. Nach einigen Tagen, wenn die Behandlung angeschlagen hätte, könnte sie mit den Therapiestunden beginnen. Die Fragen nach dem Anwalt, den Freunden, dem Stand der Ermittlungen wurden mit einem freundlichen Lächeln übergangen, es käme alles in die Wege, wenn die Tabletten gewirkt und Iris sich beruhigt hätte. Bisher ging es ihr relativ gut, doch als sie die Tabletten schlucken musste, stand sie so gut wie neben sich. Ihr Wille und ihre Selbstwahrnehmung schrumpften zu einem „Nichts" zusammen. Iris wurde apathisch, antriebslos, ja stoisch. Ab diesem Morgen wurde sie in einem Einzelzimmer untergebracht, die Tage vergingen, ohne dass sich irgendetwas änderte. Sobald sie etwas zu sich selbst gefunden hätte, musste sie die nächsten Pillen schlucken, immer drei Gelbe. Iris verlor jedes Zeitgefühl, jede Emotion, sie vegetierte vor sich hin.

Es kam ihr vor wie aus einer anderen Welt, nach einer gefühlten Ewigkeit, stand ihr Anwalt, Herr Kampinski vor ihr. Beziehungsweise, sie wurde in ein Besucherzimmer geführt, wo er auf sie wartete. Als Iris durch die Türe kam, wurde er kreidebleich, rang nach Worten, war nur noch entsetzt. Sie hatte Augenringe, sah Jahre gealtert aus, hatte ihre ganze Dynamik und Lebensfreude verloren. Dietmar Kampinski schluckte und atmete tief durch bis er sich schließlich fasste und einen Versuch startet, mit Iris zu sprechen. Sie setzte sich ihm gegenüber und starrte auf die Tischplatte. Der Anwalt erklärte, er hätte keine frühere Besuchserlaubnis bekommen, die Ärzte bestanden darauf, zuerst eine Therapie einzuleiten, bevor sie einen Besuch empfangen könnte. Die Anklage gegen sie wäre fest gefahren, sie allein wird als Täterin angesehen, weiter konnte und wollte er nicht sprechen, denn Iris fing leise an zu weinen und war nicht in der Lage, auch nur ein Wort zu erwidern. Kampinski nahm seine Tasche, stand auf und versprach, die Situation zu ändern, so schnell es ihm möglich wäre.
Man brachte Iris in ihr Zimmer zurück, die Zeit verging wieder wie in Watte gepackt im Dämmerzustand. Das Zimmer von Iris war nicht abgesperrt, sie konnte sich auf der Station frei bewegen. Die Türen zum Besucherraum und zum übrigen Klinikbereich waren allerdings immer verschlossen, wer hinaus oder herein wollte, musst mehrere Türen auf und dann wieder zu schließen. Sie hörte im Hintergrund ein unentwegtes Sperren und Schlüsselklappern. Sie konnte sich die Beine vertreten zwischen mehr oder weniger verrückten Insassen der Anstalt. Zwei brabbelten wirres Zeug vor sich hin, ein anderer sang laut Liebeslieder, es waren zwei, die er abwechseln zum Besten gab. An schlechten Tagen sang er nur ein Lied, dann kamen wieder Momente, an denen er alles durcheinander brachte und nur schrille Töne hinausschrie. Iris

war dankbar, wenn er bei seinen Liedern blieb. Es war normal, dass Patienten die Toilette nicht fanden und den Gang verschmutzten. Der Gestank, nach Exkrementen, Erbrochenem und Schweiß vermischte sich zu einer unerträglichen Mischung, die oft stundenlang die Station beherrschte. Ohne die Sedierung hätte Iris sicher einen Wutanfall nach dem nächsten bekommen, eigentlich wusste sie längst nicht mehr, was verrückt oder normal war. Ihre Lage war aussichtslos, hoffnungslos, unerträglich, allerdings unter einem dichten Schleier der Benommenheit und Gleichgültigkeit.

Einige Tage nach dem Besuch von Herrn Kampinski wurde sie einem Arzt vorgeführt. Er stellte sich vor, er wäre Dr. Wohlmut und ist von ihrem Anwalt beauftragt, Iris zu untersuchen.

Herr Wohlmut strahle eine unendliche Güte und Freundlichkeit aus. Er hatte große Hände, die er fromm vor sich ineinander verschränkte. Die schwere dunkle Hornbrille ließ seine sanften Rehaugen noch größer erscheinen. Seine Stimme war weich und wohlwollend. Er bat Iris, seine Fragen ganz offen zu beantworten und Vertrauen zu haben.

Iris war so vernebelt durch die Medikamente, dass sie die Brisanz der Situation gar nicht erkannte und brav tat wie ihr geheißen.

Der Herr Doktor, der auch noch Professor war stellte Fragen wie:

Fühlen sie sich bedroht - werden sie verfolgt - macht ihnen ihre Situation Angst - wer verfolgt sie - können sie nachts schlafen - haben sie Zukunftsängste - fühlen sie sich von ihrer Umgebung angenommen - fühlen sie sich schwach und verletzlich - erleben sie ihre Umwelt als feindlich - was möchten sie jetzt gerne unternehmen und so weiter.

Iris antwortete emotionslos, automatisch mit ja oder nein. Erst als Herr Dr. Wohlmut sie eindringlich fragte, ob sie ihm noch etwas mitteilen möchte, hatte sie einen lichten Moment. Es sprudelte unter Tränen aus ihr heraus, dass sie hier gefangen sei, mit Tabletten vernebelt werde, sich nicht um ihre Probleme mit den Anschuldigungen kümmern könnte, sie keinerlei Kontakt zu ihrer Familie und ihren Freunden haben dürfte, ja unter Verrückten eingesperrt war. Sie könnte sich nur das Leben nehmen, wenn sie nicht bald einen Hoffnungsschimmer erkennen könnte. Danach brach sie tränenüberströmt zusammen, ein weiteres Gespräch war nicht mehr möglich.

Herr Dr. Wohlmut versprach, sich wieder zu melden, packte seine Akten ein und verschwand. Iris saß da wie ein Häuflein Elend, das Vegetieren in der Anstalt ging einfach weiter.

„Menschenbeobachten" wurde zur Hauptbeschäftigung von Iris. Manisch depressive Patienten waren in der Regel recht „normal" wenn sie ihre Medikamente schluckten. Ein sehr intelligenter und freundlicher Mann hatte „draußen" auf sein eigenes Auto eingeschlagen bis die Polizei kam, dann hat er sich mit denen beschäftigt und versucht sie durch Rundumschläge zu vertreiben. Ein Neuzugang war früher General und wollte seine Mitmenschen zwingen, zum Appell anzutreten. In der Anstalt kam er pünktlich um 8 Uhr aus seinem Zimmer marschiert, imitierte mit seinen Lippen die Trompete, salutierte und schritt mit seiner selbstgemachten Marschmusik den Flur auf und ab, genau 10 Minuten lang. Da es ihm bis zum nächsten Morgen zu lange war, wiederholte er seinen Soloaufmarsch alle zwei Stunden.

Ein besonders diensteifriger Herr, der sich für einen führenden Beamten im Kanzleramt hielt, schrieb stündlich Wetterbeobachtungen auf, die er täglich dem Bundeskanzler zukommen ließ. Es war immer noch Helmut Kohl, der nur durch seine zuverlässigen Dienste so erfolgreich regieren konnte.

Eine liebe alte Frau hielt sich für „das Gold" sie war das Gute in der Welt und überglücklich, weil sie die Welt bereichern konnte und so unendlich wertvoll war.

Wenn die Situation nicht so verheerend gewesen wäre, hätte Iris dort einen Roman schreiben können, einen spannenden Gruselthriller. Doch an Kreativität war nicht zu denken, in ihrem Kopf war nur Gelee, sie stand neben sich, sie verlor ihre Persönlichkeit immer mehr. Daran waren die Medikamente schuld, die sie immer weiter nehmen musste. Die Zeit fühlte sich an wie eine Ewigkeit. Wie sie hinterher erfuhr, waren es wieder vierzehn Tage, seit sie dem Arzt vorgestellt wurde. Dann geschah doch noch ein Wunder.

Sie wurde in einen anderen Kliniktrakt geführt und in ein Zimmer gebracht, das sie wieder mit einer zweiten Frau teilen musste. Die Pflegerin erklärte, dass sie auf Anweisung des Arztes die Medikamente reduzieren dürfte. Sie bekam ab sofort, anstatt drei Pillen dreimal täglich nur noch zwei Pillen dreimal täglich, eine Woche lang, dann die Woche drauf nur noch eine Pille dreimal täglich. Man würde dann schnell erkennen, ob Iris ohne die Medikamente auskommen könnte.

Sie erkannte die Chance, spürte eine Hoffnung, dass sich das Blatt doch noch wenden würde. Ihre Zimmergenossin war depressiv, sie hatte schon mehrere Selbstmordversuche hinter sich und war auf schwere Medikamente eingestellt. Auch bei ihr sollten einige Pillen abgesetzt werden. Diese Frau war 47 Jahre alt und hatte ein starkes Mitteilungsbedürfnis. Iris zeigte eine große Anteilnahme, hörte willig zu, tröstete sie und fand aufmunternde Worte, das vertrieb die Zeit schneller. Bis sie in das Besucherzimmer geholt wurde, ein Herr Peter Neumeier wollte sie besuchen.

Iris fühlte sich, als fiele Ostern und Weihnachten auf einen Tag, als könnte sie kurz vor dem Ertrinken aus den Tiefen eines dunklen Wassers auftauchen. Peter stand im Zimmer und nahm sie in die Arme. Man sah ihm an, dass auch er eine schreckliche Zeit hinter sich hatte. Er nahm Iris bei den Schultern und setzte sie behutsam auf einen Stuhl im Besucherzimmer und nahm ihr gegenüber Platz. Peter konnte sein Erstaunen über ihren Zustand kaum verbergen. Er fasste sich, um sie nicht noch mehr zu verunsichern. Schnell musste er feststellen, dass ihre Gedanken stark gedämpft waren und er keine ernsthaften Debatten über ihre Verteidigung mit ihr führen konnte. Darum tastete er sich ganz vorsichtig an die Anklage gegen Iris heran, um sie über den Stand der Ermittlungen zu informieren und ihr Ideen zu entlocken, die zu ihrer Verteidigung beitragen könnten. Iris klagte, dass es nur an den Gläschen mit dem Basilikum- und Bärlauch-Pesto liegen könne, die von Gisela Wenninger zubereitet wurden und sie ohne Grund eingesperrt wäre, noch dazu im Irrenhaus. Sie konnte die Tränen nicht unterdrücken, sie tropften auf ihre Hände, die fürsorglich von Peter gehalten wurden.

Er wusste nicht, wie er vorgehen sollte, um ihr die Situation klar zu machen, ohne sie wieder in eine hysterische Panik zu versetzen. Das Gespräch ließ sich nicht vom Ehepaar Wenninger abwenden, darum erzählte Peter, dass Walter und Gisela Wenninger verstorben waren und laut Kriminalpolizei nichts mit den Morden zu tun hätten. Darum kämen die Ermittlungen nicht voran und man blieb bei der Annahme, dass Iris an den Verbrechen zumindest beteiligt war. Jetzt versank Iris wieder in ein tiefes Loch, sackte in sich zusammen, alle Versuche von Peter, sie zu beruhigen, gestalteten sich als untauglich. Er gab sich große Mühe, sie immer wieder darauf einzustimmen, dass sie nicht panisch werden dürfte, um nicht wieder auf Medikamente gesetzt zu werden. Peter hatte auch eine gute Nachricht. Herr Dr. Wohlmut hätte angeordnet, die Pillen zu reduzieren um sie nochmals untersuchen zu können.

Iris fasste sich soweit, um nachzufragen, warum die Wenningers verstorben waren. Peter berichtete, es soll ein ganz normaler Tod durch Herzversagen gewesen sein, zuerst starb Herr Wenninger und einige Tage darauf seine Frau Gisela. Sie war von Tod ihres Mannes so getroffen, dass auch sie an einem Herzinfarkt in der Klinik verstarb. Die Kripo hat die Ermittlungen gegen das Ehepaar eingestellt, es fanden sich bei ihnen und in ihrem Haus keinerlei Anhaltspunkte für eine Schuldbeteiligung.

Wenn Iris schon blass war, dann wurde sie jetzt kreidebleich. Sie hielt ihr Gesicht in den Händen verborgen, versuchte klar zu denken, wurde aber von dem Beamten unterbrochen, der Peter aus dem Zimmer bat. Peter versprach, so bald als möglich wieder zu kommen. Er beschwor Iris nochmals, cool zu bleiben, damit die Medikamente abgesetzt werden und sie aus dem Krankenhaus entkommen könnte. Das wäre jetzt das Allerwichtigste, cool bleiben, unbedingt. Sie nickte und hatte verstanden, sie durfte sich nicht wehren, alles akzeptieren und einfach nur ruhig bleiben. Sie hatte es kapiert, durch den Medikamentennebel hindurch, der sich hoffentlich bald lichten würde.

Da stand sie nun und war verunsicherter als zuvor. Zumindest wurde ihr klar, warum die Ermittlungen nicht weiter gingen. Eine Schwester brachte sie in ihr Zimmer zurück. Dort fanden sie ihre Zimmergenossin kreischend und zitternd vor. Die Hände waren verkrampft, die Finger eingekrallt, die Lippen blau. Die Frau hyperventilierte und hatte wohl einen hysterischen Anfall. Die Schwester lief ins Arztzimmer und kam mit einem durchsichtigen Plastiksack zurück, den sie der armen Frau über den Kopf stülpte und unten zuhielt. Mit der freien Hand streichelte sie ihr sanft über den Rücken und sprach beruhigend auf sie ein. Das Atmen der verbrauchten Luft brachte bald Erleichterung und der Krampf löste sich, die Frau wurde ruhiger. Der Plastiksack konnte abgenommen werden, der Anfall war vorbei. Ein Arzt verabreichte eine Beruhigungsspritze, die Frau, sie hieß Christine, genannt Chrissie legte sich auf ihr Bett und schlief bald ein.

Iris war im Irrenhaus und bis zum Rand voll mit Psychopharmaka, sie musste da raus, das hatte sie nun verinnerlicht und als ihr vorrangiges Ziel erkannt. Sie wusste, Peter kommt wieder, es bewegte sich etwas. Diese Gewissheit schaffte ihr ein Sichtfenster in die Freiheit, auf das Leben draußen, auf die Normalität.

Chrissie schlief bis zum Morgen, dann war sie wieder fit und fing sofort an zu plappern. Iris kannte das jetzt schon und hielt sich etwas zurück. Sie versuchte das Interesse von Chrissie, auf andere Themen zu lenken, was sie beruhigte und einen positiven Effekt hatte. Zumindest verging die Zeit für Iris schneller, wenn sie sich mit Gesprächen ablenken konnte. Iris stellte fest, dass ihr die täglichen Appelle des Generals fehlten und die Gesänge der Leidensgenossen. In ihrer Situation war man für jede Abwechslung dankbar, für jedes Ritual, das den Tag strukturierte. Insgeheim hegte Iris die Angst, selbst verrückt zu werden. Aber so lange sie das befürchtet, konnte es wohl nicht so weit sein, denn selbst bemerkt man das nicht und hat auch keine

Angst davor, dachte sie.

Mit diesem schwachen Trost verging Tag um Tag und Iris war schon bei einer Tablette dreimal täglich angekommen. Sie schlenderte die langen Gänge auf und ab, unterhielt sich mit anderen Patienten, von denen jeder eine seltsame Geschichte berichten konnte. Die Gespräche gestalteten sich eher zäh und diffus, was schwer zu konsumieren war, ein guter Grund, sich schnell wieder abzuwenden. So kam Iris immer wieder bei ihrer Chrissie an, die sie sofort in Beschlag nahm, um ihr Leid zu klagen und um einen wohlwollenden Zuspruch zu bekommen.

Als es Iris zuviel wurde, bat sie Chrissie, endlich einmal ruhig zu sein, damit sie nachdenken konnte, darauf reagierte Chrissie verstört. Es dauerte nicht lange, dann fing sie an zu krampfen und zu hyperventilieren. Ihr Gesicht wurde bleich, sie krümmte sich zusammen, die Finger krallen sich ein. Chrissie saugte die Luft immer heftiger ein und wippte auf ihrem Bett herum. Iris stürzte aus dem Zimmer, rief laut um Hilfe und versuchte, ein Pflegepersonal zu finden. Eine Notfallklingel gab es nicht, denn sie würde laufend missbraucht. Geistesgegenwärtig wie Iris allmählich wieder war, lief sie in das Arztzimmer, öffnete den ersten Schrank und sah den Plastiksack, den auch die Schwester beim letzten Anfall benutzt hatte. Wie es ganz richtig war, stülpte sie ihrer Zimmergenossin den Sack über den Kopf und sprach beruhigend auf sie ein. Chrissie zappelte weiter und schon stand eine Stationspflegerin neben ihnen und stieß Iris zur Seite. Sie riss Chrissie die Plastiktüte vom Kopf, schimpfte lauthals und telefonierte. Gleich waren weitere Pfleger zur Stelle und hielten Iris fest. Chrissie kriegte sich durch den Trubel auch wieder ein, man nahm Iris mit und stelle den Plastiksack sicher.

Jetzt war es wichtig, ruhig zu bleiben, dache sich Iris und verteidigte sich überlegt und sachlich. Sie konnte das Personal überzeugen, dass sie nur helfen wollte und richtig gehandelt hatte. Die Schwester, die den vorhergehenden Anfall begleitet hatte, kam dazu und gab ihr recht. Glück gehabt, dachte sich Iris und freute sich, dass sie die Situation jetzt wieder unter Kontrolle bekam. Sie wurde in ein anderes Zimmer verlegt, das hatte den Vorteil, dass sie Christines Geschwätz los war.

Am gleichen Tag bekam sie wieder Besuch von Peter Neumeier. Er hatte neue Nachrichten vom Ehepaar Wenninger. Leider keine Guten, denn ihre Spuren waren total ausgelöscht, beide Häuser wurden verkauft, das Alte auf dem Land und das Neue neben Iris. Die einzige Tochter lebte angeblich in Berlin und war nicht erreichbar. Die ehemaligen Nachbarn der Wenningers hielten sich zurück, sie weigerten sich, über den Fall zu sprechen. Es war nichts zu erfahren, ein dunkler Schleier breitete sich über die Wenningers aus.

Der alte Kampfgeist in Iris erwachte langsam wieder, sie musste herausfinden, wie das Gift in die Gläschen gekommen war. Sie war überzeugt, es gab eine brauchbare Spur, dafür musste sie jemanden finden, der in Sachen Wenninger geschickt ermitteln könnte, nicht so leicht aufgab und Zeit hatte, sich in das Leben des Ehepaares hinein zu arbeiten.

Da kam ihr die Idee, Hermann zu bitten, sich der Sache anzunehmen. Er hatte die nötige Aufgeschlossenheit und Menschenkenntnis, um im Umfeld des Ehepaares zu ermitteln. Da sie selbst nicht tätig werden konnte, bat sie Peter, ihren väterlichen Freund Hermann zu kontaktieren. Er solle ihn inständig bitten, mit den Nachbarn und Freunden von Gisela und Walter Wenninger in Kontakt zu treten um alles über den Tod der Beiden heraus zu bekommen.

Peter hatte selbst nicht die Zeit und wirkte auch zu offiziell, wenn er versuchte bei den Nachbarn der Wenningers zu klingeln um Fragen zu stellen. Die Leute wurden von der Kripo schon befragt, waren misstrauisch und hielten sich zurück. Sie wollten da nicht hinein gezogen werden. Aber warum, irgendetwas war scheinbar nicht in Ordnung.

Die Besuchszeit war vorüber. Peter bestärkte Iris noch einmal eindringlich darin, ruhig zu bleiben, was immer auch geschah. Er wusste vom Anwalt Kampinski, der im Hintergrund recherchierte, dass Iris bald dem Psychiater Herrn Wohlmut vorgestellt wurde. Dann kam es darauf ankam, ihre geistige Gesundheit zu beweisen.

Iris hatte nun wieder Zeit, ihre Gedanken zu ordnen, es fiel ihr immer leichter, die Geschehnisse einzuordnen und mögliche Ursachen für den Giftfund zu ergründen. Zuerst dachte sie natürlich an Bärlauch, der leicht mit Maiglöckchenblättern verwechselt werden konnte, die allerdings hoch giftig waren. Sie selbst hatte Gisela die Bärlauchwiese im Pappelwäldchen gezeigt, die nur Insider kennen. In der verwilderten Sumpffläche konnte im Frühjahr nach Herzenslust gepflückt werden. Maiglöckchen hatte Iris dort allerdings noch nicht entdeckt. Frau Wenninger könnte ihre Zutaten aber auch überall her gehabt haben, sie hatte gute Kenntnisse und viele Plätze zum Sammeln.

Den Kräuterfunden musste man nachgehen um mehr über diese Zutaten in den Gläschen zu erfahren. Frau Wenninger war sehr kontaktfreudig und hatte viele Freundinnen, mit denen sie ihr Wissen teilte. Sie sollten nun die Zielgruppe für Hermann sein. Iris hoffte so sehr, dass er sich darauf einlassen und Detektiv spielen würde.

Es war keine Frage, es lag in Hermanns Naturell, Menschen, besonders nette Frauen in ein Gespräch zu verwickeln. Sofort würde er gemeinsame Bekannte benennen können, denn er kannte unglaublich viele Menschen, Familien und Geschichten. So bekam er schnell das Vertrauen und kam mit den Leuten ins Gespräch, wenn erst ihr Interesse geweckt war. Hoffentlich würde es gelingen bei den Nachbarn der Wenningers.

Zwölf

Hermann ließ sich nicht zweimal bitten. Mit den Wenningers war er bestens bekannt, er hatte sie auch schon im alten Haus im Bayerischen Wald besucht. Er war bei den Nachbarschaftseinladungen im neuen Haus dabei und voll in die Situation integriert. Redselig und interessiert wie er von Natur aus war, hatte er viele Details über das Ehepaar nicht nur in Erfahrung gebracht, sondern auch verinnerlicht und Rückschlüsse gezogen.

Damit wandte er sich auch schon an die Polizei, um seine Sicht der Dinge in das Verfahren einzubringen. Seine Bemühungen waren allerdings bisher vergebens. Seine sprichwörtliche Neugierde an Menschen und ihre Hintergründe könnten sich jetzt aber doch noch auszahlen.

Selbstverständlich machte er sich sofort auf den Weg zum Haus der verstorbenen Wenningers in den Bayerischen Wald. Es war ein verregneter Tag, den er sich ausgesucht hatte. Alle Rollläden des Hauses waren geschlossen, der Garten ungepflegt, es wohnte offensichtlich keiner dort. Das entmutigte Hermann vorerst nicht, er versuchte es bei den Nachbarn.

Im rechten Haus machte eine rundliche kleine Frau auf und begrüßte ihn freundlich. Als Hermann begann, Fragen über die Wenningers zu stellen, verfinsterte sich ihre Miene, sie wollte darüber nicht sprechen und zog sich ins Haus zurück. Hermann stand da wie ein begossener Pudel, derartiges passiert ihm eigentlich sonst nie. Doch so schnell ließ er sich nicht entmutigen und schritt weiter zum linken Häuschen mit den Gartenzwergen im Steingarten. Dort wurde gar nicht erst geöffnet, erfolglos setzten sich seine Kontaktversuche überall fort. Niemand öffnete die Türe, die Nachbarn hatten sich vermutlich telefonisch abgesprochen. Die „Buschtrommel" in der Straße funktionierte perfekt.

Hermann war echt verunsichert und fuhr unverrichteter Dinge heim. Er kam jetzt erst recht ins Grübeln und sein Verdacht, dass sich irgendwelche Geheimnisse um die Wenningers rankten, wurde immer stärker.

Am nächsten Tag steuerte er seinen VW Golf wieder Richtung Bayerischer Wald. Diesmal würde er diplomatischer vorgehen. Es war Mittagszeit, eine gute Zeit, im Wirtshaus einzukehren. Er bestellte sich Schweinebraten und alkoholfreies Bier.

Seinen Bemerkungen über das gute Essen und die netten Wirtsleute animierte den Wirt, sich zu ihm zu setzten und ein Gespräch anzufangen. Man sprach über den Ort und dass Hermann ein Haus suchte, um auf dem

Land zu wohnen. Ganz zufällig kam das Gespräch auf die Todesfälle, die Wenningers wurden allerdings ausgespart.

Eine 69jährige Frau Berger war gestorben. Sie lebte recht zurückgezogen, darum entwickelten sich interessante Gerüchte um sie. Man spekulierte, sie wäre steinreich und hätte einen Sohn in Amerika, der einen Banküberfall gemacht hatte und auf der Flucht war. Etwas Genaueres wusste man nicht, darum wurden die Ratschereien immer bunter getrieben. Was man sah, wurde in die Geschichte eingeflochten. Der neue Geländewagen, die teuren Reisen, die Putzfrau, der Gärtner, wie sollte das gehen?

Hermann lebte seine Fähigkeit, Geschichten über andere Menschen in Erfahrung zu bringen richtig aus und wusste in zehn Minuten alles, was im Ort über die Verstorbene bekannt war.

Auch, dass am nächsten Tag die Beerdigung war und dass die Nachbarn „nur" in die hl. Messe gehen und nicht am Grab anwesend sein wollten. Das war schon ein Ansatz für weitere Recherchen. Um weiterhin im Vorteil zu sein, machte Hermann noch einen Spaziergang zum Friedhof um den Ort des Begräbnisses zu erkunden.

Die friedliche Atmosphäre machte ihm wieder Mut und beruhigte seine Nerven, was einem unvoreingenommenen Kennenlernen von zufälligen Friedhofsbesuchern sehr zugute kam.

Zu allererst begegnete er einem circa 45 Jahre alten Mann mit eleganter Kleidung, der suchend durch die Grabreihen ging. Dieser Herr kam sogar selbst auf Hermann zu, um nach dem Grab von Frau Berger zu fragen, die morgen beerdigt werden sollte. Dank Hermanns Kontaktfreude, wusste er sofort, dass es nur der Sohn aus USA sein konnte.

Mit einer durchaus ehrlichen Anteilnahme machte er sich mit dem Herrn bekannt, der tatsächlich der Sohn von Frau Berger war. Beide beschlossen, in der Friedhofsverwaltung nachzufragen. Man bekam Auskunft und beide machten sich auf den Weg in den hinteren Teil der Anlage, wo tatsächlich ein Grab ausgehoben wurde.

Herr Berger war froh, Gesellschaft zu haben bei seinem traurigen Unterfangen und plauderte dankbar mit Hermann über die Umstände in seiner Familie. Schnell war er in den Augen von Hermann von dem Verdacht, ein Bankräuber zu sein, befreit.

Der Mann hatte eine Firma in Los Angeles und war wohlhabend. Er ließ es seiner Mutter an nichts fehlen, was den Neid der Nachbarn ins schier Unendliche trieb. Das veranlasste seine Mutter wiederum, möglicht oft ihre

Bekannten zu besuchen und auch mindestens viermal im Jahr nach LA zu fliegen. Wenn sie zuhause war, hatte sie selbst Besuch von ihren Freunden und mied den näheren Kontakt mit den, in ihren Augen, biederen Nachbarn. So blieb sie eine Einzelgängerin, die kritisch beäugt wurde.

Den nachbarschaftlichen Kontakt brauchte sie nicht, denn sie war ausgelastet mit Freunden und viel auf Reisen. Zuhause pflegte sie ihren parkartigen Garten, der Gärtner durfte nur die notwendigen Pflegearbeiten machen. Erfolgreich leitete sie die Filiale der Firma ihres Sohnes in Deutschland, sie war eine taffe Geschäftsfrau mit Kontakten in die ganze Welt. Daher vernachlässigte sie alle Anstrengungen, deren es bedarf, die Menschen um sich herum, in ihr Leben einzubeziehen.

Es wären Einladungen, Mitgliedschaften in Vereinen usw. notwendig gewesen um in die Kreise der Landfrauen zu kommen. Als Vegetarierin verschmähte sie die Küche im Gasthaus, somit blieb sie auch dort einfach außen vor.

Vielleicht genoss sie die Aussenseiterposition auch, denn die war ja mit Neid und heimlicher Bewunderung verbunden. Sie sah sich keinesfalls im Nachteil, ganz im Gegenteil, sie war unabhängig und musste sich nicht darum kümmern, was andere über sie denken.

Das war für die Landfrauen ein unglaublicher Zustand, was Frau Berger wiederum den Rücken stärkte, sie spielte eine sprichwörtlich herausragende Rolle im Ort. Ihr Sohn war über die Verhältnisse bestens informiert, da er täglich mit seiner Mutter in Kontakt war, nicht nur geschäftlich.

Hermann unterhielt sich lange mit Herrn Berger, beide waren froh über die Begegnung, beiden war geholfen. Zufrieden fuhr Hermann an diesem Tag nach Hause, hatte er doch ein gefragtes Insiderwissen gewonnen, mit dem er bei den Ratschweibern punkten konnte. Doch er musste geschickt vorgehen, für ihn eine leichte Übung.

Noch hatte Hermann nichts heraus gefunden, doch seine Zuversicht war gewachsen. Ein Anfang war gemacht, es wäre das erste Mal, dass er das Vertrauen der Menschen, besonders der Frauen, nicht gewinnen könnte.

Iris saß immer noch in der Psychiatrie und konnte nichts unternehmen, obwohl ihr Kopf voller Ideen war. Ihr Zustand hatte sich soweit stabilisiert, dass sie für eine leichte Arbeit eingeteilt wurde. Sie sollte Briefmarken in ein Album sortieren, das dann von einer weiteren Frau verpackt wurde. Sie saßen während der Arbeit nebeneinander und erzählten sich ihre Leidensgeschichten.

Die Frau hieß Maria und war eingesperrt, weil sie ihren Lebenspartner getötet hatte. Der Mann war fünf Jahre jünger als sie und nistete sich bei ihr ein. Maria war von ihm begeistert, seine zuvorkommende Art und seine Hilfsbereitschaft kamen ihr sehr zugute. Sie überließ ihm immer mehr Entscheidungen, fühlte sich gut dabei und glaubte, das große Los gezogen zu haben. Er hilft ihr, er erledigt alles, er machte ihre Steuererklärung, und kaufte ihr ein Auto und einen Computer. Sie sah nicht, dass er ein Auto kaufte, das ihm gefiel und welches er auch fuhr, aber von ihr bezahlt war. Der Computer war ohnehin sein Refugium. Sie merkte immer noch nichts, denn er fuhr für sie zum Einkaufen und zur Werkstatt. Wenn sie sonst irgendwo hin musste, hatte er oft eine gute Ausrede, warum sie sich von ihren Freundinnen abholen lassen, oder ein Taxi rufen sollte. Er kochte auch nicht, sondern aß kräftig und spülte auch nicht ab, sondern erledigte seine wichtigen Geschäfte am Computer, für den er ein eigenes Zimmer beanspruchte. Von den Vorteilen seiner Computerarbeit konnte er sie immer wieder überzeugen, denn er wusste alles, fand sich überall zurecht und unterstützte Maria damit unglaublich, wie er meinte. Eigentlich hatte sie nichts davon, doch sie war in dieser Hinsicht auf beiden Augen blind. Sie versorgte und behütete ihn, ihren Helden.

Durch seine Besserwissereien schlich er sich auch in die Bankvollmachten von Maria ein und erzählte ihr täglich, wieviel Geld er für sie gespart hatte und was schief gelaufen wäre, hätte er nicht aufgepasst. Er war ein ausgefuchster Betrüger und sie ein verblendetes Weibchen. Jedenfalls sah es im Nachhinein so aus.

Es wäre sicher immer so weiter gegangen, hätte sie nicht Besuch von ihrem Bruder bekommen, der Verdacht geschöpft hatte. Bei kurzen Einblicken in die Kontoauszüge, die der Lebenspartner natürlich in seinem Zimmer verwahrte, fielen Doppelüberweisungen auf. Die Telefonrechnung von Vodafone zum Beispiel, die dann noch einmal an das Konto des Lebenspartners überwiesen wurde mit einigen Tagen Zwischenraum.

Zur Rede gestellt, war alles eine Verwechslung, ein Irrtum, denn er hatte die Rechnung zuerst von seinem Konto bezahlt, um Maria nicht zu sehr zu belasten. Einmal misstrauisch geworden, wurde Maria von ihrem Bruder zur Bank gezerrt, auf der alle ihre Ersparnisse einbezahlt waren. Sie wollte schon nicht mitgehen, vielleicht war es eine düstere Vorahnung, die sich leider in voller Breite bestätigte.

Ihr Lebenspartner, der über alles geliebte Besserwisser hatte die Ersparnisse von Maria in kleinen Etappen zu sich auf seine Konten umgebucht. Natürlich hatte sie für seine Konten keine Vollmacht. Der Bankangestellte räumte ein, dass es auffällig sei und durchaus kriminell, wenn sie nicht davon informiert war. Maria verfügte nur über eine sehr kleine Rente und wollte sich mit ihren ererbten Ersparnissen den Lebensabend verschönern. Jetzt war alles weg und laut Bankauskunft konnte man auch nichts dagegen machen. Der Schock war groß, sie musste den Betrüger stellen und ihr Geld zurück verlangen.

Gesagt getan, ihr Lebenspartner war in der Wohnung. Auf ihre Beschuldigungen reagierte er verärgert und wurde laut. Der Bruder von Maria verwies ihn der Wohnung und verlangte die Schlüssel.

Im Treppenhaus fing der Betrüger an zu randalieren und schrie herum. Maria ging hinaus, gab ihm einen Schubs, er fiel so unglücklich die Treppe hinunter, dass er mit dem Kopf auf den Steinfußboden aufschlug und daran verstarb. Sie wurde des Mordes angeklagt. Was sie jetzt nötig gebraucht hätte, war ein guter Anwalt, aber ohne Geld und ohne gute Freunde gestaltete sich das schwierig.

Durch solche Schicksale relativierte sich die Situation von Iris immer wieder, zumindest hatte sie keinerlei Schuld auf sich geladen. Sie war wieder „guter Hoffnung", dass die Wahrheit siegen würde, irgendwann.

Der Termin für die psychiatrische Beurteilung war endlich da. Iris ging gut vorbereitet in das Arztzimmer von Prof. Wohlmut. Sie hatte nichts weiter zu tun, als normal zu sein. Die Medikamente waren abgesetzt, die Nachwirkungen noch nicht ganz verschwunden, die Monate in der Psychiatrie hatten ihre Spuren hinterlassen.

Aber Iris war wieder sie selbst und ihr sprichwörtlicher Lebensmut entfaltete seine Wirkung. Ruhig und gelassen plauderte sie mit dem Psychiater, er wurde immer kleinlauter und entschuldigte sich bei ihr, man hatte so lange nicht bemerkt, dass kein Behandlungsgrund vorhanden war. Er bedauerte ehrlich die Umstände und bot ihr an, die Krankenakte über ihren Anwalt einzusehen. Sie würde Aufschluss geben, warum die vorschnelle Einweisung stattgefunden hatte.

Iris ging in ihr Zimmer und wurde von der Pflegerin informiert, dass sie noch am gleichen Tag in die Justizvollzugsanstalt zurück gebracht würde. Sie packte ihre wenigen Sachen zusammen, verabschiedete sich von den Menschen, die sie dort getroffen hatte und machte den ersten Schritt in die Normalität, wenn es auch nur die Justizvollzugsanstalt war, aber es ging vorwärts.

Nie hätte sie es für möglich gehalten, sich zu freuen, ins Gefängnis zurück zu kommen. Sie fuhren den Weg raus aus der Psychiatrie, in die Stadtmitte zum Gerichtsgebäude mit angegliedertem Gefängnis. Es war für Iris ein riesiger Schritt zurück in ihr Leben, es würde so weiter gehen, zumindest war sie fest davon überzeugt.

Ihr treuer Freund Hermann war indessen schon auf dem Weg zur Beerdigung von Frau Berger. Er hatte seinen schwarzen Anzug an, wie es sich für den Anlass gehörte. Wie schon erwartet, versammelten sich viele Menschen in der Kirche vor dem reich geschmückten Sarg. Hermann wählte dezent einen Platz in den hinteren Reihen.

Die Orgel spielte feierlich und tragend, kaum war das erste Stück verklungen, betrat der Sohn der Verstorbenen das Rednerpult. Ein Erstaunen der Kirchengemeinde ließ sich nicht überhören. Es ging ein Raunen durch den Kirchenraum.

Herr Berger stellte sich vor, er entschuldigte sich, dass er noch nie in Erscheinung getreten war. Geschickt erklärte er die Lebensumstände seiner Mutter und betonte, dass es ihr stets ein Dorn im Auge war, nicht mit den Nachbarn und der Gemeinde in Kontakt gekommen zu sein. Mit Bedauern versicherte er, seine Mutter hätte geplant, das zu ändern und sich mehr einzubringen, was ihr nun durch ihre zwar kurze aber schwere Krankheit nicht mehr möglich geworden war.

Persönlich hätte sie ihn gebeten, allen einen letzten Gruß zu übermitteln. Sie hatte gerne im Ort gewohnt und möchte alle Anwesenden in der Kirche zum Umtrunk und Leichenschmaus einladen. Man möge die Einladung nicht ausschlagen und ihre Entschuldigung annehmen, dass sie sich so wenig eingebracht, aber glücklich im Ort gelebt hatte.

Wieder ging ein Raunen durch die Kirche, so etwas hatte man dort noch nicht erlebt. Viele Leute, besonders die Ratschweiber blickten betroffen zu Boden.

So mancher schämte sich etwas über die Distanziertheit, die er Frau Berger gegenüber praktiziert hatte.

Hermann konnte sich zufrieden zurück lehnen, hatte er doch jetzt viele Gelegenheiten, mit dem einen oder anderen ins Gespräch zu kommen.

Der Pfarrer übernahm die weitere Gestaltung der Feierlichkeit. Orgel und Chor gaben ihr Bestes, der Wirt kochte fleißig auf, in Erwartung eines großen Leichenschmauses.

Der Friedhof füllte sich jetzt natürlich gut, jeder der zum Essen gehen wollte, besuchte auch die Beerdigungszeremonie. Und es kamen Viele, sehr Viele.

Sogar der Bürgermeister hielt eine Ansprache am Grab, er erzählte vom Leben der Verstorbenen, was Licht in letzte Geheimnisse brachte und verabschiedete die Verstorbene gebührend.

Das Wirtshaus wurde brechend voll, man erhob das Glas auf Frau Berger und drängte sich um ihren Sohn, mit dem jetzt jeder reden wollte. Die Knödel dampften, der Braten schmeckte und Hermann genoss zuerst sein Essen, um sich dann gestärkt an seine Recherchen zu machen. Leicht konnte er jetzt anknüpfen.

„Das war doch ganz was anderes, als bei den Wenningers" fing seine Tischnachbarin an. Hermann ging wie zufällig darauf ein und fragte verwundert: „hat es noch einen Todesfall gegeben?"

Ja, die Wenningers, sind ganz kurz hintereinander verstorben. Sie waren die beliebtesten Nachbarn und sind so ganz ohne Anteilnahme beerdigt worden. Nicht einmal ein Grab gab es im Ort.

Hermann zeigte sich bestürzt und begann einen Plausch mit der Frau. Sie war die Nachbarin der Wenningers, die Frau mit den Gartenzwergen im Steingarten. Zum Glück hatte sie ihn nicht erkannt, obwohl er schon bei ihr geklingelt hatte. Sie ließ sich gerne auf das Gespräch ein. Die Atmosphäre war ungezwungen, mit einer befreienden Gelassenheit, soweit es die Situation bei einer Beerdigung erlaubte.

Hermann vermied es, direkte Fragen zu stellen, um ja nicht in den Verdacht zu kommen, in dem Fall Wenninger zu intervenieren. Er blieb bei der Version, ein Häuschen zu suchen, in dem er sich in seinem Lebensabend wohl fühlen könnte.

Bei der Gelegenheit erfuhr er, dass das Haus der Wenningers ganz schnell ausgeräumt und verkauft wurde. Es gab keine Trauerphase, keine Informationen über einen Verkauf, keinen Kontakt mit den Angehörigen.

Herr Wenninger verstarb unerwartet an Herzversagen und seine Frau erlitt einen so großen Schock, dass sie wenige Tage danach im Krankenhaus auch verstarb.

Es herrschte eine große Betroffenheit in der Straße, als schon eine Firma mit der Entrümpelung des Häuschens beauftragt wurde. Niemand hörte von den Verkaufsabsichten, doch binnen einer Woche hatte das Haus einen anderen Besitzer. Als die Kriminalpolizei auftauchte, war alles über die Bühne gegangen.

Es blieben nur lästige Besuche der Beamten, die sehr hartnäckig waren und unangenehme Fragen stellten. Die Freunde und Bekannten von Walter und Gisela Wenninger sprachen sich untereinander ab. Sie behaupteten, nichts zu wissen und keine Auskunft geben zu können. Schließlich ging es doch um Morde in der Stadt.

Um kein auffälliges Interesse zu zeigen, bohrte Hermann jetzt nicht nach, sondern stellte sich förmlich vor und erzählte seine Story vom Häuschensuchen in der Umgebung. Es gelang ihm, sich für die nächsten Tage mit Fanny Eibl zu verabreden. Sie versprach, ihm die schöne Umgebung zu zeigen mit den Plätzen, an denen Gisela ihre Kräuter gesammelt hatte.

Zufrieden und einen großen Schritt voran gekommen machte sich Hermann auf den Heimweg um die Erkenntnisse an den Anwalt von Iris weiter zu geben.

„Der Fall wird aufgerollt, koste es was es wolle" dachte Hermann, er war schon mittendrin in seinen Erkundungen, die er wie immer vollenden würde.

Doch seine Frau zuhause zeigte kein Verständnis. Sie war erbost über seine tagelange Abwesenheit. Hermann war so vertieft in den Fall, dass er nichts anderes mehr denken konnte, geschweige denn, unternehmen wollte.

Da kam ihm die rettende Idee, er musste seine Frau einbeziehen und sie mitnehmen zu seinem Ausflug in den Bayerischen Wald, zum Spaziergang zu den Kräuterwiesen.

Diese Idee war versöhnend und zugleich günstig, so konnte er noch unverfänglicher recherchieren wenn er seine Ehefrau dabei hatte.

Dreizehn

Herr Kampinski, der Rechtsanwalt von Iris war in den vergangenen Wochen nicht untätig, er stellte einen Antrag nach dem anderen, um die Voraussetzungen für die Untersuchungshaft prüfen zu lassen. Er stellte den Grund für die Inhaftierung nach dem Verhältnismäßigkeitsgrundsatz in Frage, nervte den Untersuchungsrichter nach seinen Möglichkeiten. Eine Haftüberprüfung scheiterte bisher an ihrer Unterbringung im Bezirkskrankenhaus.

Nun war Iris raus aus der Anstalt, es eröffneten sich bessere Voraussetzungen für seine Verteidigung. Iris bat ihn, die Akte für ihre Unterbringung im Krankenhaus anzufordern, was er von sich aus, auch sofort getan hätte.

Es dauerte, bis er die Unterlagen einsehen konnte, es war wie ein Paukenschlag, was sich ihm da eröffnete. Jetzt wurde alles klar, die vorschnelle Einlieferung, die unhaltbare Diagnose und die Vorverurteilung ohne endgültige Beweise.

Es fiel Dietmar Kampinski wie Schuppen von den Augen, er konnte seine Strategie endlich gezielt aufbauen, er würde Iris aus dem Gefängnis frei bekommen.

Er hatte ein Strahlen im Gesicht, als er Iris im Besuchsraum gegenüber trat. Ein befreiendes Leuchten in seinen Augen sagten ihr, dass er positive Nachrichten brachte.

Sie setzten sich gegenüber und er schob ihr die Akte zur Einlieferung in die Psychiatrie über den Tisch. Sie sollte bitte nicht erschrecken, damit habe auch er nicht gerechnet.

Der Hergang war so krass wie logisch, zumindest für Iris. Die Kripo hatte sich große Mühe gegeben, die Mordfälle Heinz und Hübner aufzuklären. Sie hatten alle irgendwie beteiligten Personen eingehend befragt. Weil Iris nicht greifbar war, ermittelten sie in alle Richtungen.

So kamen sie auch auf den Exmann von Iris zu, um ihn zu befragen. Der wies alle Spekulationen weit von sich, er hätte keinen Kontakt zu seiner ehemaligen Frau und möchte auch nicht damit belästigt werden und auch keine Auskünfte über sie erteilen. Er wollte ihr nichts Schlechtes nachsagen, stellte sich besorgt schützend vor sie, was durchblicken ließ, dass etwas nicht so ganz in Ordnung war.

Er wand sich auffällig um dann leise Andeutungen zu machen, dass Iris in gewisser Hinsicht nicht „normal" war.

Die Beamten bohrten dann nach und machten ihn auf seine Pflichten aufmerksam. Er müsse bei der Aufklärung des Falles behilflich sein. Nach langem Zögern, erzählte er dann plötzlich sehr detailliert wie er seine Frau erlebt haben will.

Iris hätte schon seit Jahren unter Verfolgungen gelitten. Sie kontrollierte alle Türen dreimal, ob sie ordentlich versperrt waren. Sie verdächtigte ihre Bekannten und Freunde, dass sie Intrigen planen. Es war kaum möglich mit ihr auszugehen, weil sie sich Verfolgungen einbildete und gleich wieder nach Hause wollte.

Besonders schlimm war es auf einer Reise nach Frankreich. Er wollte sich Genua anschauen, aber sie bekam Angst vor der Stadt, die Mafia könnte hier vertreten sein.

Sie mussten dann in einem schäbigen Motel an der Autobahn übernachten, um keine Spuren zu hinterlassen. In einem Hotel in Roquebrune-Village konnte sie sich nicht an der zauberhaften Atmosphäre freuen. Sie fühlte sich von den Künstlern in der Umgebung beobachtet, lieferte sich einen Streit mit dem Kellner, den sie für eine Agenten hielt und wollte schnellstens weiter reisen.

Kein Ort in Frankreich war ihr sicher genug, darum verlangte sie, den Urlaub doch in Italien zu verbringen, wo sie schon öfters waren und sie sich besser fühlen würde.

In der Erkenntnis, dass er ohnehin nichts ändern könnte, hat er ihr den Gefallen getan und ist mit ihr auf die Biennale nach Venedig gefahren. Dort erschreckte sie eine Kunstinstallation so sehr, dass sie die Ausstellung auf schnellstem Wege verließ.

Sie wollte in die Anonymität eines Campingplatzes und kaufte sich ein neues Zelt, um mit dem alten Zelt nicht erkannt zu werden.

Die ganze Situation war derartig krank, dass er heilfroh war, als sie den Urlaub abbrechen und nach Hause fahren wollte.

Als sie die Trennung von ihm verlange, willigte er gerne ein, um sich des Problems zu entledigen. Er hoffte, seine geschiedene Frau würde sich alleine besser zu Recht finden.

Ein Polizeipsychologe sah in dieser Aussage und den Entwicklungen in der

Umgebung von Iris einen klaren Zusammenhang, es würde alles ins Bild passen, sie litt an einem ausgeprägten Verfolgungswahn.

So ein Wahn ist natürlich ein schweres Krankheitsbild, das kaum zu therapieren ist und eine Behandlung im Bezirksklinikum notwendig machen würde. Man ließ die Ermittlungen etwas schleifen und wartete auf eine Besserung des Gesundheitszustandes der Beschuldigten, mit der Hoffnung auf ein Geständnis.

Iris musste lächeln, als sie ihm die Akte zurück gab, was Herrn Kampinski doch verwunderte. Sie war tatsächlich erleichtert über die Erkenntnis.

Wer seinen Gegner kennt, kann ihn bekämpfen. Jetzt waren die schrecklichen Erlebnisse für sie durchschaubar.

Die Unterhaltung mit dem Psychiater, Herrn Dr. Wohlmut hat die Aussage ihres Ex vermutlich relativiert. Die Kripo wird ihr jetzt auch anders begegnen, das hoffte sie zumindest.

Diese „Krankenakte" bewirkte eine durchwegs positive Wende im Befinden von Iris. Ihre Ausweglosigkeit war beendet, sie konnte die Zusammenhänge durchschauen, es wurde alles logisch.

Das Verhalten ihres geschiedenen Ehemannes war so typisch und für sie nachvollziehbar, keineswegs überraschend. So reagierte er zu gerne, unschuldig, ohne erkennbare Absicht. So einfach nebenbei erzielt er eine durchschlagende Wirkung.

Man wird ihm nichts nachweisen können, es wird keine Folgen für ihn haben. Iris kannte seine Strategien, sie musste lange genug damit leben und brauchte viele Jahre um sie zu durchschauen. Erst als sie sich über seine Vorlieben im Klaren war und sich für eine Trennung entschieden hatte, konnte er sie nie mehr wirklich verunsichern. Im Gegenteil, sie bedauerte ihn, denn er musste mit seinem Charakter leben.

Mit diesem gemeinen Winkelzug bei der Kripo hatte der allerdings nochmals einen gewaltigen Treffer landen können.

So schlimm die vergangenen Wochen auch waren, sie musste sich auf ihre Verteidigung konzentrieren. Es sollte jetzt kein Problem mehr sein, denn sie war wieder im inneren Gleichgewicht. Sie hatte sich und ihren klaren Verstand, niemand konnte ihr so leicht Schaden zufügen. Obwohl sie die widrigen Umstände sehr hart getroffen haben.

Iris war fest davon überzeugt, das Gute siegt immer, zumindest irgendwann.

Alles Böse rächt sich zu Lebzeiten, das konnte sie in ihrem Umfeld schon so manches Mal erleben. Sie stand auf und ging ihren Weg geradeaus weiter, er würde sie aus den Verstrickungen heraus führen.

Die Gespräche mit der Kripo verliefen jetzt auch ganz entspannt, Iris wurde plötzlich ernst genommen, der Fall neu aufgerollt, die Untersuchungen ausgeweitet.

Das Ehepaar Wenninger sollte exhumiert werden. Alles konzentrierte sich auf diese Todesfälle. Starben die Wenningers wirklich einen natürlichen Tod?

Die Tage vergingen wieder schleppend, Iris wartete täglich auf ihre Freilassung.

Doch die Polizei ermittelte in aller Ruhe und machte es von den weiteren Erkenntnissen abhängig. Iris fühlte sich besser nach der Lektüre der Krankenakte. Sie wusste, es war keine reine Willkür der Behörden, es gab eine logische Erklärung. Die Einweisung in die Psychiatrie und die verzögerten Ermittlungen waren die Folgen der Falschaussage ihres Ex-Mannes.

Sie konnte die Entwicklung nachvollziehen und wieder zuversichtlicher sein.

Ganz anders als bei ihrem ersten Aufenthalt im Staatshotel.

Rangda, die böse Hexe, Verkörperung der dämonischen Macht: Skulptur im Wasserpalast auf Bali

Vierzehn

Hermann stürzte sich voller Energie in seine Lieblingsbeschäftigung, dem kontaktieren von neuen Bekanntschaften, noch dazu mit dem unbedingten Aufklärungswillen in einem verzwickten Kriminalfall. Es musste eine Erklärung geben, er hatte sich die Position verschafft um unauffällig in den Hintergründen forschen zu können. Irgendwann würde sich die Wahrheit finden und der Dämon besiegt werden.

So machte er sich mit seiner Frau auf den Weg in den schönen Bayerischen Wald zu der Besitzerin der Gartenzwerge. Hermann brachte ein Päckchen Kaffee mit, um eine Einladung zu einem entspannten Plausch anzuregen. So wurde es auch gemacht. Man bot sich schnell das Du an, Hermanns Ehefrau kam sofort, wie zu erwarten, in einen gepflegten Ratsch mit Frau Eibl, der Herrscherin über 24 Gartenzwerge auf der blumenbewachsenen Terrasse.

Hermann hatte Mühe, zwischendurch einige Fragen einzuflechten, die zur Aufklärung im Fall Wenninger beisteuern könnten. Diese unverfängliche Unterhaltung zwischen den Frauen schaffte eine ideale Basis für seine Recherchen. Es ließ sich gemütlich plaudern bei einem Tässchen Kaffee, alles sollte langsam und ruhig ablaufen, damit Hermann so viele Informationen wie möglich sammeln konnte.

Frau Eibl erzählte von den gemeinsamen Urlaubsreisen mit den Wenningers. Man hatte ein alljährliches Ziel im ehemaligen Jugoslawien, machte Bootsausflüge und freundete sich mit den Wirtsleuten der Pension an. Cevapcici und Rasnici schmeckten am Meer viel besser als daheim, man genoss die Sommer gemeinsam. Bevor Frau Eibl den Diaprojektor aufbauen konnte, erinnerte Hermann an den Spaziergang in der Umgebung des Ortes um auf den Spuren der Kräuter und den Wenningers zu bleiben.

Mit Begeisterung führte sie die Frau über Feld und Flur zu saftigen Wiesen an einem Bächlein entlang, wo sie die besten Wege zum Kräutersammeln zeigte. Der Bärlauch war schon verblüht, man konnte aber nachvollziehen, wie üppig das Vorkommen an den eigentlich geheimen Plätzen war. Man spürte die innige Verbundenheit mit den Verstorbenen wenn Frau Eibl über das Nachbarehepaar sprach und vieles preis gab, was an Walter und Gisela Wenninger erinnerte, wofür sich Hermann und seine Frau natürlich besonders interessierten.

Hermanns Frau brachte sich hilfreich ein, indem sie nach den Rezepten fragte, die Gisela Wenninger verwendete. Sie dachte an die geschenkten Gläschen mit den Köstlichkeiten, durfte sich aber nicht verraten, dass sie Gisela Wenninger kannte. Selbstgemachte Marmeladen, Bärlauch- und Basilikum-Pesto, immer hatte Gisela ein Geschenk dabei wenn sie einen Besuch machte. Entsprechend groß war der Bedarf, was mit sehr viel Einsatz beim Einkochen und Sammeln verbunden war.

Frau Eibl kannte viele Kräuter die auch zu Salat verarbeitet wurden, wie junge Brennnessel, Girsch, Ampfer usw. Das umfangreiche Wissen hatte sie ausschließlich von ihrer Nachbarin Gisela Wenninger. Diese veranstaltete sogar Kräuterwanderungen über die Volkshochschule, die sehr beliebt waren. Gisela Wenninger war eine Expertin, die über jeden Zweifel erhaben war. Ihre Rezepte wurden gerne nachgekocht, sie war sogar dabei, ein Buch mit ihren Rezepten zu schreiben. Dazu ist sie jetzt leider nicht mehr gekommen, es dürfte aber sicher gestellt sein, dass sich in ihre Gläschen keine giftigen Zutaten eingeschlichen hatten. Soviel konnte Hermann und seine Frau von Fanny Eibl erfahren. Die neuen Erkenntnisse brachten die Vermutung, Gisela könnte Giftpflanzen verwendet haben ins Wanken und half ihnen bisher nicht wirklich weiter.

Die Spur musste aber verfolgt werden, Hermann und seine Frau kamen durch das Gespräch mit der Nachbarin auf Frau Rosmarie Wimmer, genannt Rosi, die beste Freundin von Gisela Wenninger. Nur Rosi konnte Gisela das Wasser reichen, wenn es ums Kochen ging. Sie gab legendäre Grillpartys und romantische Adventfeiern, jeder wollte dort eingeladen werden, darum stellten sich die Nachbarn gut mit Rosi.

Nachdem Frau Eibl die besten Schwammerlplätze gezeigt hatte, fing es an zu dämmern und der Weg führte sie zurück zu den Gartenzwergen. Damit der Faden weiter gesponnen werden konnte, brachte Hermann Rosemarie Wimmer ins Gespräch, damit er eine Gelegenheit bekam, sie kennen zu lernen.

Bisher hatte er nur herausfinden können, dass Frau Wenninger wohl keine falschen Kräuter gesammelt hatte, diese Erkenntnis würde nicht zur Entlastung von Iris beitragen. Die Spur musste heiß bleiben, so schnell würde Hermann nicht aufgeben. Er hatte sich vorsorglich in den Tageszeitungen der Gegend informiert und gab an, ein Haus im Nachbarort besichtigen zu wollen, das tatsächlich verkauft wurde. Mit diesem Winkelzug verabredete er sich für den nächsten Tag wieder mit Frau Eibl, die einen Kontakt mit Rosi herstellen wollte, denn Hermanns Frau gab vor, sich für Rosis Grillrezepte zu interessieren. Sie war jetzt auch mit Eifer dabei, beim Kriminalisieren. Auch sie machte gerne Bekanntschaften mit Menschen, Rezepten, neuen Ausflugs-zielen und Gegenden. Darum fuhr sie am nächsten Tag wieder mit, bewaffnet mit Kuchenrezepten, Mohnblumensamen und selbstgezogenem Basilikum in Töpfchen.

Die Rechnung ging auf, am Kaffeetisch saß nun auch Rosi, die engste Vertraute von Gisela Wenninger. Sie war eine so liebe Frau, vom unerwarteten Tod ihrer besten Freundin schwer getroffen.

So ging es im Gespräch zunächst nur über Gisela, den schweren Verlust der geliebten Freundin und natürlich über die unverschämten Anschuldigungen zu mysteriösen Morden in der Stadt. Rosi kriegte sich fast nicht wieder ein, so aufgebracht war sie beim Thema Gisela. Ihre Gisela, die Expertin in Kräu-terfragen und Einweckrezepten sollte Menschen ermordet haben, noch dazu mit ihren köstlichen Kreationen aus Bärlauch.

Die Kriminalpolizei hatte wohl ganze Arbeit geleistet und direkte Fragen gestellt. Automatisch schloss sich ein Schutzwall um die Verstorbene, man ging zur Verteidigung über. Die Privatatmosphäre wurde ausgeklammert, man spricht nicht über seine Freunde, es ging niemanden etwas an, wie es privat bei den Wenningers zu ging. Die Familienehre ist heilig und verbietet den Einblick der Öffentlichkeit.

So ist es auf dem Land und so muss es bleiben. Vor allem weil man selbst nicht wollte, dass Interna weiter gesagt werden, die einen Schatten auf eine schöne Fassade werfen würden.

Hermann hätte sich fast verplappert und konnte sich gerade noch zurück-halten. Er wurde wohl etwas blass um die Nase, als ihm der Schrecken durch alle Glieder fuhr, er durfte sich jetzt nicht durch eine Unachtsamkeit outen. Er vermied es, seiner Frau Blicke zuzuwerfen und konzentrierte sich auf seinen Blaubeerkuchen, der zum Kaffee gereicht wurde.

Rosi hob verunsichert den Kopf, Hermann wirkte so ruhig und nachdenk-lich. Schnell warf er empört in das Gespräch ein, dass es keine Pietät mehr gäbe und sogar den Toten schlecht nachgeredet würde. Das entspannte die Situation, seine Frau ging dann zu den Rezepten über, die sie ja so gerne nachkochen möchte. Sie verteilte ihre versprochenen Kuchenrezepte, von den kalorienarmen Quarkschnitten mit Sauerkirschen und dem Vollkorn-Rhabar-berkuchen, alles gesund und auch für Zuckerkranke erlaubt. Denn mit zuneh-mendem Alter wird der Genuss oft durch gesundheitliche Probleme überla-gert, gut wenn mit geeigneten Nahrungsmitteln gegengesteuern werden konnte. Frau Eibels Mann hatte das Problem mit dem Alterszucker, auch

Rosmarie musste aufpassen, dass die Werte und auch ihr Gewicht stimmten. So fanden die Paare ein dankbares Thema, zu dem jeder etwas beitragen konnte.

Herr Wimmer, Rosmaries Ehemann, ein bekennender Spezialist am heimischen Grill, sah seine Stunde gekommen. Die Zeremonien, die zu himmlischen Grillgenüssen führten, waren seine Passion. Er versäumte es nicht, seine Frau in den höchsten Tönen zu loben, denn ihre Kenntnisse vom Einlegen und Würzen von Fleisch machten die perfekte Garmethode erst möglich. Schon bei der Vorstellung der Köstlichkeiten lief Hermann das Wasser im Mund zusammen und er schlug vor, einen Spaziergang zur Waldkapelle zu unternehmen, hinter der sich ein nettes Ausflugslokal befand. Er lud die Runde zur Brotzeit ein, was sich alle gerne gefallen ließen. Es war ihm kein Aufwand zu groß, seiner Freundin Iris, die verzweifelt im Gefängnis saß, zu helfen. Der kurze Spaziergang machte Appetit, man bestellte Bier in Maßkrügen und Bratwürstl auf Kraut mit Kipferl. Die Eingeladenen waren begeistert und wurden lustig, man zeigte sich geehrt und lud zum Grillen im heimischen Garten bei den Wimmers ein. Es sollte das legendäre Lammfleisch geben, das nur Rosi so würzen konnte, dass es auf der Zunge zerging. Die Folienkartoffel mit Sauerrahm und der griechische Salat würden das Gericht abrunden. Man durfte gespannt sein, am nächsten Samstag.

Hermann ahnte nicht, dass Lamm mit Rosmarin den Schlüssel zur Lösung der Mordfälle liefern würde. Er hatte bisher keinerlei Anhaltspunkte erkennen können, eine zutiefst bedrückende Sachlage, aber er war ein Kämpfer, der sich nicht abschütteln ließ, komme es wie es wolle, er ging den Weg weiter, bis der Fall aufgeklärt war.

Es würde ihm gelingen auf des Rätsels Lösung zu kommen. Auch wenn der Weg über die Bekannten der Wenningers falsch war, wie sollte dann das Gift in die Gläschen gekommen sein. Er zermartere sich nächtelang den Kopf, suchte den Kontakt mit dem Pfarrer Ludwig, dem engen Freund von Iris. Auch er und die Pfarrgemeinderunde rätselten und grübelten, kamen aber auch zu keiner Erklärung.

Moni Wittmann bemühte sich besonders, sie suchte die neuen Nachbarn von Iris auf, die nacheinander in ihre Häuser einzogen. Bis auf die Nachbesitzer des Reihenhauses der Wenningers kannten alle Gisela Wenninger und alle hatten ihre Geschenke bekommen. Kein Gläschen blieb unentdeckt und war schon von der Kripo konfisziert worden. Moni fragte trotzdem nach, ob der Inhalt gegessen wurde, oder gar verschenkt. Moni besuchte alle, sogar

Helga Scholze in ihrer „betreuten Wohnanlage". Es war interessant für sie, denn Frauen in ihrem Alter tragen sich gerne mit Überlegungen, wie sie einer Hilflosigkeit im Alter entgehen könnten. Frau Scholze war erfreut über den Besuch, denn in ihrer Altenwohnanlage war es ziemlich langweilig. Sie konnte auch nicht weiter helfen, bis ihr die Idee kam, die Verstorbenen zu befragen, das wäre eine echte Chance, dem Mörder auf die Spur zu kommen. Sie hatte auch schon gute Ratschläge, wie eine solche Sitzung abzuhalten wäre, - vor allem niemals im eigenen Haus! Das war für Moni aber keine Option und sie erinnerte Helga daran, welchen Preis sie schon für ihre Neugierde bezahlt hatte. Worauf Helga erwiderte, sie wollte ja nur helfen.

Wohin sich Moni auch wendete, es ließ sich keine Spur finden, die Iris entlasten könnte. Sie rief zu einem Treffen, sozusagen zu einem Krisenstab von Iris Freunden auf. Gemeinsam sollten sie sich über das weitere Vorgehen beraten.

Fünfzehn

Iris döste in ihrer Zelle, zum Glück war sie alleine. Stundenweise standen die Zellentüren offen und sie konnte Mitgefangene treffen, sich Bücher ausleihen und im Hof Luft schnappen. Sie traf niemanden, mit dem sie näher bekannt werden wollte. Sie fühlte sich der „Gemeinschaft" nicht zugehörig und war fest davon überzeugt, dem Ort bald entkommen zu können.

Sie spielte die Ereignisse immer wieder in ihrem Kopf nach und kam zu dem Schluss, es waren die letzten Gläschen von Gisela mit Bärlauchpaste, die eine tödliche Wirkung hatten. Alle anderen waren stets einwandfrei. Im ganzen Unglück hatte sie selbst großes Glück, dass sie nicht davon gegessen hatte und kurz entschlossen mit Peter nach Kapstadt geflogen war. Leicht hätte es passieren können, dass sie selbst und vielleicht auch noch Peter jetzt längst beerdigt wären. Eigentlich musste sie dem Schicksal dankbar sein, ihre alte positive Lebenseinstellung kam scheibchenweise zurück. Es hatte tatsächlich alles auch sein Gutes, noch dazu, wenn man selbst keine Schuld auf sich geladen hatte. Sie durfte wieder vorwärts blicken, in eine glückliche Zukunft, davon war sie felsenfest überzeugt, es konnte gar nicht anders kommen. Iris blühte wieder auf, sie sah gut und erholt aus, wie aus dem Urlaub, als ein Beamter sie in den Vernehmungsraum bat.

Man ließ sie einige Minuten warten, bis eine Kommissarin erschien und ihre Akten ausbreitete. Sie blättere lange darin und legte einige Blätter zur Seite. Dabei machte sie ein grantiges Gesicht, das sollte nichts Gutes bedeuten. Bis Iris endlich nachfragte, ob etwas Unerfreuliches passiert sei, blättere die Beamtin schneller weiter und begann zögernd. Es war ja eine Obduktion angeordnet worden, man bekam aber nun eine Absage der zuständigen Gemeinde, die Toten, Herr und Frau Wenninger waren eingeäschert worden.

Iris erschrak zunächst, fasste sich aber schnell und fragte, warum man davon gar nichts weiß und erst nach so langer Zeit darauf gestoßen ist. Es wurde ihr erklärt, dass der Tod von Gisela und Walter Wenninger nicht näher beleuchtet wurde, da ja beide verstorben waren, nach Auskunft der Behörden durch einen natürlichen Tod. Es ging wohl alles zu schnell, bis die Ermittlungen anliefen, war das Haus verkauft und das Ableben ohne Aufsehen abgewickelt. Der Nachlass der Wenningers war spurlos ausgelöscht.

Die Ermittlungsbehörden müssten hier ein Versäumnis eingestehen, es ist mehr als sonderbar, dass fern ab, im Bayerischen Wald alles im Dunkel lag und es versäumt wurde, diesen Fall näher zu untersuchen.

Auf Grund der Aktenlage wurde dem Haftentlassungsantrag ihres Anwalts stattgegeben und Iris würde die Haftanstalt verlassen können und in zwei Stunden abgeholt werden.

Das war wie ein befreiender Paukenschlag für Iris. Sie sprang auf, streckte beide Arme in die Luft und rief „frei, endlich Freiheit!"

Die Kriminalbeamtin mahnte zur Besonnenheit und belehrte sie, der Fall sei nicht abgeschlossen, ihre Unschuld keineswegs geklärt. Sie müsse sich zur Verfügung halten und dürfe die Stadt nicht verlassen.

Iris hörte ihre Worte nur noch mit einem Ohr, tanzte singend im Kreis und strahlte übers ganze Gesicht. Vor den Mitinhaftierten schämte sie sich etwas über ihr Glück, konnte es aber nicht völlig verbergen. Sie zog sich in ihre Zelle zurück und packte die wenigen Sachen zusammen, die ihr Eigen waren. In wenigen Sekunden war sie fertig und setzte sich strahlend aufs Bett, um glücklich auf ihre Entlassung zu warten. Sie wollte nichts anderes tun, als bereit sein, diesen Ort zu verlassen. Die diensthabenden Beamten, die an ihrer Zelle vorbei gingen, konnten sich scheinbar nicht satt sehen an der strahlenden Frau und blickten immer wieder in ihre Zelle. Sie kamen öfter vorbei als üblich, zuerst beobachteten sie interessiert, dann mussten sie schmunzeln und schließlich auch lachen und sich mit Iris freuen. Die Freude verbreitete sich über das ganze Stockwerk, die Stimmung hellte allgemein auf. Bis auf einige hoffnungslose Fälle, freuten sich sogar die Gefangenen über die lockere Atmosphäre in der Haftanstalt.

Iris wusste nicht, was sie vor dem Gefängnis erwartete. Falls sie ganz alleine vor dem Tor stehen würde, plante sie, ein Taxi rufen zu lassen. Irgendeinen Beamter würde sie hoffentlich erweichen können, für sie bei der Taxizentrale anzurufen. Sie hatte kein Handy und die Sicherheit in der „Normalität" schon etwas verloren.

Ihre Sorge war unbegründet, das Tor ging auf und vor ihr standen ihr Anwalt Kampinski, der von ihrer Entlassung unterrichtet wurde, und Peter mit einem großen Blumenstrauß. Gott sei Dank, dachte Iris, die Welt hat mich wieder. Sie fielen sich überglücklich in die Arme, bedauerten kurz die schicksalhaften Umstände, die zu derartigen Verwicklungen geführt haben. Jetzt wird man vorsichtiger sein und alles daran setzen, die Vorfälle aufzuklären.

Sie fuhren gleich zu Iris Haus, sie hatte sehr gemischte Gefühle. Wie würde sich ihr Zuhause jetzt präsentieren? Wie würde die Umgebung verändert sein? Wie werden die neuen Nachbarn auf sie reagieren. Sie war aus der Situation heraus genommen, konnte sich nicht einbringen und sich nicht mit ihrer Umgebung austauschen. Ihre Tochter hatte das Haus in Ordnung gehalten und die Hunde versorgt, aber welche Atmosphäre würde sie jetzt vorfinden.

Der rote Volvo von Peter fuhr in ihre Hofeinfahrt, die Hunde sprangen aus dem Haus und liefen sofort zur Autotüre, aus der Iris stieg. Die Begrüßung war entsprechend überschwänglich, als wollten die Tiere ausdrücken, endlich bist du wieder da.

Die Terrassentüre war offen, als Iris sich von den Hunden befreien konnte, trat sie in ihr Wohnzimmer und wurde von klatschenden und jubelnden Freunden begrüßt. Alle waren gekommen, Moni, Ludwig, Hermann mit seiner Frau und natürlich ihre Töchter. Sie hielten ein Sektglas in der Hand und reichten den Ankömmlingen auch eins um miteinander anzustoßen, auf ein Ende des Albtraums. Iris musste sich in ihren Lieblingssessel setzen und alles auf sich wirken lassen, das war es also, das Glück und das Leben.

Ihr Wohnraum war mit frischen Blumen geschmückt, der Kaffeetisch war gedeckt, alle schauten sie an, die von den Missverständnissen gebeutelte Iris, in ihrem Lieblingssessel, umringt von Freunden.

Sie genoss die Situation und war zu keinem ernsten Gedanken fähig. Sie wollte nur bei ihren Freunden sein und genießen. Nach einigen Gläschen schlenderten sie durch den Garten, er war gepflegt, der Rasen frisch gemäht, kein Unkraut und somit auch keine Arbeit war zu sehen. Ihre Tochter und

Peter warfen sich einen gefälligen Blick zu, Peter hatte heimlich einen Gärtner engagiert, der alles auf Vordermann gebracht hatte.

Die neuen Nachbarn beachtete Iris kaum, es war auch kein Mensch zu sehen in den Gärten, die teilweise schon angelegt waren. Es beschlich sie wieder das unangenehme Gefühl, wenn sie die Neubauten sah, sie wollte sich diesen Gedanken nicht ausliefern und ging wieder ins Haus. Man setzte sich an den großen Esstisch und alle waren sich einig. Es brauchte kein einziges Wort, man machte sich an die Arbeit um den Fall aufzuklären.

Selbstverständlich konzentrierte man sich auf den Samstag, auf die Grillparty bei Rosi Wimmer. Die Marschrichtung war klar, diese heiße Spur musste verfolgt werden. Warum sprachen die Nachbarn nicht über die näheren Lebensumstände von Walter und Gisela Wenninger, warum war die letzte Begegnung mit den Wenningers auf der Grillpartie bei Rosi ein Tabu.

Hermann und seine Frau waren eingeladen, genau zum gleichen Lammgrillen wie die jetzt toten Wenningers. Hier wollte man ansetzen, es gab vermutlich keine zweite Chance um Hintergründe zu erfahren. Es durfte keine Panne geben, die Zurückhaltung dieser Menschen musste überwunden werden.

Wie konnte es anders kommen, Moni riet zum Rauschgift, um die Info-Barrieren zu durchbrechen. Iris stimmte zu, es war jedes Mittel recht, um Geheimnisse zu lüften. Natürlich musste man geschickt vorgehen, darum trat der 1. Teil des Planes in Kraft.

Moni verfügte über genügend Hasch, das verbacken werden konnte um einige Experimente durchführen zu können. Sie buk Linzer-Schnitten, mit viel Zimt, Nelken, Johannisbeermarmelade und viel Kannabismehl. Damit die Wirkung kontrollierbar blieb, musste natürlich getestet werden. Man verabredete sich zum Kaffee bei Moni, damit Iris nicht schon wieder in irgendeine kriminelle Verwicklung kommen konnte. Nach drei Tagen Linzer-Hasch-Schnitten-Test war es geschafft, die Wirkung war perfekt. Hermanns Frau Conny, die so etwas zum ersten Mal probierte war erheitert und sehr gesprächig, hatte aber keine Nebenwirkungen. So konnte es gelingen! Es war schon Freitag, der Kuchen für Samstag wurde gebacken und zum Transport in den Bayerischen Wald schön verpackt.

Der 2. Teil des Plans sah vor, dass Moni und Ludwig, Hermann und seine Frau begleiten, damit sie einen Fahrer für den Nachhauseweg hatten und nicht bekifft Autofahren mussten. Sie würden im Nachbarort warten und im dortigen Wirtshaus unauffällig ein Bier oder zwei trinken, natürlich alkoholfrei.

Hermann bekam ein Diktiergerät, das alle Gespräche an diesem Abend aufnehmen sollte, damit nichts verloren ginge was vielleicht als Beweismittel taugte.

In der Nacht zum Samstag schliefen alle schlecht, so etwas hatten sie noch nie gemacht. Natürlich war die Angst dabei, dass es schief gehen könnte, jemand vielleicht gesundheitliche Probleme bekäme, oder irgend etwas bemerkt würde. Dann wäre es vorbei, sie hätten wohl keine zweite Chance.

Hermann hatte bei den Wimmers angerufen und den Termin noch einmal bestätigt, er bot an, einen Kuchen zum Kaffee mitzubringen, der dann vor dem Grillen gegessen werden konnte. Es sollte nicht zu spät werden, denn sie mussten ja noch den Heimweg antreten und wollten nicht zu tief in die Nacht hineinkommen. Die Wimmers stimmten zu, Herr und Frau Eibl und Herr und Frau Wimmer freuten sich auf den Kuchen.

Hermanns Frau schlug noch eine große Schüssel Sahne, damit der Kuchen auch gut rutscht und schmeckt. Alle Beteiligten mussten über ihren Schatten springen, so etwas hatten sie dann doch noch nicht gemacht. Sie fühlten sich wie Teenager, die Unerlaubtes planten.

Es musste gewagt werden.

Sechzehn

Um zwei Uhr fuhren sie los, getrennten Weges, in zwei Autos, unauffällig und diskret. Iris blieb daheim und lenkte sich mit einem langen Spaziergang mit den Hunden ab, hinterher wollte sie noch ins Schwimmbad gehen und etwas für ihre Gesundheit tun, denn warten und grübeln musste sie im Gefängnis lange genug, zu lange.

Die „Normalität" wollte erst wieder geübt werden. Iris probte den Alltag, musste aber oft an ihre Freunde denken. Sie stelle sich vor, wie Hermann mit seiner Frau und den Linzer-Schnitten, samt Schlagsahne in der Tupper-schüssel in Richtung Bayerischer Wald fuhr, total nervös und unsicher. Sie konnte sich glücklich schätzen, solche Freunde zu haben.

Pünktlich um 15 Uhr klingelt Hermann am Gartentor der Wimmers. Hermann schob seine Frau mit der Sahneschüssel vor sich her, er trug die Linzer-Krea-tion hinterher. Die Eibls waren auch schon da, man begrüßte sich freund-lich und ging sofort zur Hausbesichtigung über. Frau Wimmer ließ es sich nicht nehmen, ihre Küche, Wohnzimmer, Speisezimmer usw. zu zeigen. Im

Wintergarten war gedeckt, dort durften alle Platz nehmen, der Kaffee wurde eingeschenkt. Man unterhielt sich über Banales, die Wirkung des Haschkuchens musste abgewartet werden. Hermanns Frau teilte die Stücke aus, jeder nahm gerne davon, er schmeckte ausgezeichnet. Bei der zweiten Tasse Kaffee wurde die Stimmung schon lebhafter, man nahm noch ein Stück Linzer und krönte es mit Schlagsahne.

Ein Stündchen war vergangen, die Damen bekamen rote Bäckchen und plauderten wild durcheinander. Bis Hermann es wagte und an die Wenningers erinnerte, die leider nicht mehr dabei sein konnten. Alle wurden zurückhaltender, gingen aber doch darauf ein und ließen ein Gespräch über die Verstorbenen zu. Zuerst sprachen sie über die Urlaubsreisen und die gemeinsamen Sommerfeste.

Rosemarie Wimmer ging dann in sich und berichtete, dass sie damals sehr verunsichert war, als Gisela und Walter Wenninger das letzte Mal bei ihnen zum Grillen waren. Gisela fühlte sich unwohl und konnte kaum etwas essen. Sie nahm ganz wenig, nur Wasser und ein Gläschen Wein zu sich. Nach ihrem baldigen Tod machte sich Rosemarie große Vorwürfe, ob vielleicht etwas mit ihrem Essen nicht in Ordnung gewesen war. Als dann ein natürlicher Tod diagnostiziert wurde, fiel Rosemarie ein Stein vom Herzen, aber sie wollte seither nicht mehr über diesen Abend sprechen. Jetzt wäre sie wohl schon etwas darüber hinweg und könne vielleicht alles besser verarbeiten, wenn sie sich aussprechen durfte.

Hermanns Frau bedauerte die unglücklichen Zusammenhänge und versicherte ihr Verständnis, sie hätte sich an Rosemaries Stelle genauso große Sorgen gemacht, auch wenn alles völlig unbegründet war.

Schon fuhr Rosemarie fort, dass die Tochter der Wenningers sehr schwierig war und immer Ärger bereitet hätte. Man dürfe den Toten nichts Schlechtes nachreden, aber es wusste schließlich der gesamte Ort davon.

Hermanns Diktiergerät lief die ganze Zeit, damit kein Wort verloren ging, die Spannung stieg, man durfte jetzt keinen Fehler machen.

Rosemarie erzählte voller Mitgefühl, wie sie den Wenningers ihre Einladung zum Grillen aussprach und Gisela absagen musste, weil ihre Tochter einen Besuch angesagt hatte. Gisela bereitete extra frisches Bärlauchpesto für ein italienisches Abendessen mit ihrer Tochter vor.

Doch am Abend kam ein überraschender Anruf, Gisela fragte an, ob sie doch zum Grillen kommen dürften, denn das undankbare Kind sei schnell wieder abgereist und hatte keine Zeit, um mit den Eltern zu essen. Sie seien so traurig und wären froh, wenn sie doch kommen dürften.

Die Wimmers waren erfreut und legten zwei Teller mehr auf und holten den besten Wein aus dem Keller. Rosemarie und ihr Mann versuchten die Freunde aufzumuntern und ihnen doch noch einen schönen Abend zu bereiten. Nur Gisela war frustriert und unpässlich. Sie machte sich Sorgen um die Tochter, für sie hatte sie den letzten Bärlauch geholt. Die Bärlauchzeit ging schon zu Ende und sie musste entlegene Plätze aufsuchen, an denen sie am längsten ernten konnte. Daraus zauberte sie ein Pesto mit ihrem besten Olivenöl. Als ihre Tochter dann ohne Essen abreiste, füllte sie das Bärlauchpesto in Gläschen, um sie am nächsten Tag an ihre neuen Nachbarn zu verteilen, sollten die wenigstens eine Freude daran haben. Sie hatten sogar zwei Gläschen von dem Pesto zum Grillen als Gastgeschenk mitgebracht.

Hermann sprang auf, voller Schrecken fragte er nach, ob die zwei Gläschen schon aufgegessen wurden.

Rosemaries Mann beruhigte ihn und erzählte, dass die Gläschen im Kühlschrank stehen und man auf eine besondere Gelegenheit warten wollte, um sie im Andenken an Gisela und Walter mit Spagetti zu verzehren.

Jetzt war es vorbei mit der Fassung von Hermann und seiner Frau, sie baten ruhig zu bleiben, man müsse die Polizei verständigen. Bei den Bärlauchpesto handelte es sich vermutlich um vergiftete Gläschen.

Fassungslos starrten alle auf Hermann, der mit der Polizei telefonierte. Er schilderte die Situation und bat, die Beweisstücke abzuholen, damit keine Spuren verwischt würden.

Das Rauschgift wirkte aber so gut, dass die Eibls und Wimmers gelassen blieben und versuchten Hermann zu beruhigen. Es gäbe kein Problem mit dem Pesto, Gisela kannte sich bestens aus mit den Kräutern, wodurch eine Verwechslung mit Maiglöckchenblättern unmöglich wäre. Rosemarie stand sogar auf und bot an, ein Gläschen zum Probieren zu holen, damit sich die Aufregung legen würde.

Hermann behielt einen klaren Kopf und wirkte beruhigend auf die Gesellschaft ein und lenkte sie mit einigen Witzen ab, bis zwei Autos vorfuhren und es klingelte. Zwei Polizisten und zwei Herren von der Spurensicherung standen vor der Türe. Mittlerweile hatte sich der Fall „Wenninger" bis in den Bayerischen Wald herumgesprochen und Hermanns Anruf wurde ernst genommen.

Nicht aber von Rosemarie, die grinsend aufmachte und ihre Sorglosigkeit zum Besten gab.

Hermann schob sie sanft beiseite, um Auffälligkeiten zu vermeiden und führte die Beamten in die Küche, die er ja von der Hausführung schon kannte. Die Hausfrau hatte von einer Aufbewahrung im Kühlschrank erzählt, darum zeigte Hermann auf den Kühlschrank und ließ die Polizisten öffnen. Siehe da, zum Glück, ganz oben in der hintersten Ecke standen zwei nett verpackte grüne Gläschen mit einem karierten Deckelüberzug und jeweils einem Schleifchen, samt Etikett mit lieben Grüßen und Dank für die Einladung.

Hermann und seine Frau standen neben dem Kühlschrank und schnauften erleichtert durch. Bei den Gastgebern und Freunden machte sich jetzt doch eine Verwunderung breit. Sie beteuerten, dass es ein Irrtum sein musste und wollten die Gläschen nicht hergeben. Die Herren von der Spurensicherung ließen sich nicht beirren und verpackten den Fund steril in einer Box. Rosemarie musste genaue Angaben machen, woher und wann sie die Gläser bekommen hatte. Es wurden noch die Personalien aller Anwesenden aufgenommen und die zwei Autos fuhren wieder weg.

Die Bombe war erst einmal geplatzt, konnte aber durch den angeheiterten Zustand aller Anwesenden nicht so ganz realisiert werden. Hermann würde am liebsten schon gehen, aber es wäre noch auffälliger und unhöflich gewesen. Darum schenkte man sich noch einmal ein. Gemeinsam räumten sie die Kaffeetafel ab, der Grill vor dem Wintergarten wurde angeheizt.

Die Zeit verging quälend, Hermann schaltete das Diktiergerät wieder ein. Er wollte noch wissen, warum die Wenningers Ärger mit der Tochter hatten. Die gute Stimmung war allerdings dahin, Skepsis machte sich breit. Die Gastgeber fingen an zu ahnen, dass Hermann Wagner nicht nur wegen seiner Immobiliensuche zu ihnen gekommen war.

Hermanns Frau Conny packte alle Reste vom Linzer-Kuchen unauffällig ein, um keine verhängnisvollen Spuren zu hinterlassen. Sie hatte am wenigsten davon gegessen und vor allem keinen Alkohol getrunken. Kurz, sie konnte sich einen klaren Kopf bewahren und übernahm sofort die Regie in dem entstandenen Chaos.

Darum ergriff sie nun beherzt das Wort, um den Verlauf des späten Nachmittags, aufklärungstechnisch in geordnete Bahnen zu lenken. Mit den Worten: „Liebe Freunde, ich bin zutiefst betroffen von den Umständen. Es tut mir leid, dass ihr die Polizei im Haus hattet. Mein Mann und ich wollten euch keine Unannehmlichkeiten bereiten, es ließ sich nicht vermeiden und eventuell könnte alles sein Gutes haben und vielleicht ist ein großer Schaden von

euch abgewendet worden. Es ist mir und meinem Mann sehr unangenehm, den Eindruck erweckt zu haben, euere Gastfreundschaft missbraucht zu haben, um Auskünfte über die Familie Wenninger zu bekommen. Wir müssen zugeben, es stimmt, wir wollen etwas über die Wenningers in Erfahrung bringen, waren aber glücklich, auf so nette Nachbarn von Gisela und Walter zu treffen. Wir müssen auch zugeben, wir sind Freunde der Beschuldigten Iris Moser. Der Fall ist immer noch nicht aufgeklärt und die Spur führt hierher zu den Wenningers, die leider auf sehr mysteriöse Weise ungewöhnlich leise und schnell verstorben sind. Wie wir aus ihrer Freundschaft zu den Verstorbenen und auch uns gegenüber erfahren haben, kann Gisela und Walter Wenninger keine böse Absicht unterstellt werden. Darum bitten wir euch, nachsichtig mit uns zu sein und in unserem Besuch keine unlautren Absichten zu sehen."
Connys Ansage ließ die Situation noch skurriler erscheinen, man war irritiert, Hermann wurde nervös. Die Gastgeber hielten sich mit Aussagen zurück. Man versuchte, die Situation nicht eskalieren zu lassen und mit Smalltalk über die Peinlichkeit hinweg zukommen.
Rosemaries Mann bediente den Grill, die Lammspieße wurden aufgelegt, das Rezept noch einmal erläutert. Die angespannte Atmosphäre blieb bestehen, bis Hermann fragte, warum die Wenningers Ärger mit der Tochter hatten.
Das Diktiergerät lief, Fanny Eibl, die Nachbarin erzählte, den Tränen nahe. Die Tochter Ilona war ein undankbares Kind, das als Einzelkind wohl sehr verzogen wurde. Sie heiratete einen Mann Namens Hitzler, hatte aber keine Kinder und ließ sich nach drei Jahren Ehe wieder scheiden.
Fortan lag sie den Eltern auf der Tasche und plante große Projekte, wie die Eröffnung einer Boutique, samt Kreation eines eigenen Modelabels. Sie begann mit T-Shirts, war damit erfolgreich und wagte sich dann weiter an aufwendigere Kleidungstücke. Das Geld ging ihr regelmäßig aus, was sie veranlasste, bei den Eltern Nachschub einzufordern.
Gisela Wenninger war nach jedem Besuch der Tochter verstört und traurig, einmal hatte sie sich der Nachbarin anvertraut, ansonsten aber nicht darüber gesprochen. Es war ihr aber anzusehen, wenn ein Besuch des missratenen Kindes anstand oder vorüber war. Das ganze Dorf bedauerte Gisela, ihr Mann Walter schluckte seinen Ärger hinunter, wollte aber eine härtere Gangart gegenüber Ilona einschlagen. Das Ehepaar verständigte sich darauf, ihr Geld in einem Haus in der Stadt anzulegen und Ilona nicht mehr zu unterstützen. Das Kind musste erwachsen werden und ihr Leben in den Griff bekommen, indem sie ihre Angelegenheiten selbstständig bewältigte.

Es würde hart werden, aber sie sahen keine andere Möglichkeit, Ilona doch noch auf den richtigen Weg zu bringen. Irgendwann würde sie ja erben und in den Besitz der Immobilien kommen.

Als Ilona das erfuhr, kündigte sie ihren Besuch an und machte den Eltern eine Szene, warf ihnen Rücksichtslosigkeit und Egoismus vor und hoffte, mit entsprechendem Druck doch an Geld zu kommen. Doch Gisela und Walter hatten wirklich all ihr Geld in das Haus in der Stadt gesteckt und blieben hart.

Gisela bekam schon große Angst vor dem Erscheinen der Tochter, sie versuchte sie mit einem guten Essen zu besänftigen, aber vergeblich, das undankbare Kind rauschte wütend ab und ließ die bedrückten Eltern zurück. Die Beiden saßen dann schockiert in der Küche, bis Gisela sich an die Einladung der Freunde erinnerte und zum Telefon griff, um sich doch noch bei den Wimmers anzukündigen. Rosi freue sich über den Anruf, das tat Gisela und Walter gut, dafür sind Freunde da und Gisela machte sich sofort daran, das gute Pesto in Gläschen zu füllen, die sie immer bereitstehen hatte. Dann schnitt sie Blumen im Garten ab und nahm zwei Gläser mit zur Grillparty. Soweit die Schilderungen vom letzten Abend mit den Wenningers.

„Jetzt müssen wir das Ergebnis der Untersuchung abwarten, dann sehen wir weiter und treffen uns in der Stadt zu einer Gegeneinladung" meinte Hermann und machte das Diktiergerät heimlich aus.

Die Lammspieße schmeckten lecker und wurden allseits gelobt, man prostete sich noch einmal verlegen zu und Rosi bot noch einen Kaffee an, dann konnte sich Hermann mit seiner Frau endlich verabschieden. Die Neuigkeiten brannten ihm auf der Zunge, er wollte seinen Freunden, vor allem Iris berichten, was sie an diesem Nachmittag erfahren haben.

Der Umstand, dass weitere Gläschen aus der vermutlich vergifteten Serie sichergestellt werden konnten, war eine Sensation, die dem Fall eine neue Wende geben konnte, zumindest, wenn Gift darin gefunden wurde.

Connie nahm Hermann die Autoschlüssel ab, rückte sich den Fahrersitz zurecht und startete den Wagen. Hermann wählte die Nummer von Ludwig, der ja mit Moni im Nachbarort alkoholfreies Bier trank. Ludwig nahm sofort ab, er wartet längst gespannt auf den Anruf.

Hermann gab ihm die Erfolgsmeldung durch, seine Stimme überschlug sich vor Aufregung, er konnte seine Freude selbst nicht fassen. Der Haschkuchen und der Alkohol trugen ihren Teil dazu bei.

Ludwig frage besorgt, ob er nicht gleich kommen sollte, denn Hermann klang nicht mehr fahrtüchtig. Connie nahm das Handy an sich und beruhigte Ludwig, dass sie sehr gut fahren konnte. Sie wären in 10 Minuten im Nachbarort, Moni und Ludwig sollten gleich zu ihrem Wagen kommen, damit im Gasthaus kein Aufsehen erregt würde.

Gesagt, getan, man parkte unauffällig neben dem Wagen von Ludwig, stieg um und fuhr gemeinsam zurück in die Stadt.

Conny war doch froh, nicht mehr fahren zu müssen. Die Aufregung saß ihr in den Knochen, sie ließ sich gerne chauffieren. Jetzt konnte die Bürde von ihr abfallen, alles war gut gegangen.

Sie mussten die Tat begehen, es hingen sogar Menschenleben daran. Die Wimmers hätten das Pesto tatsächlich irgendwann gegessen. So gesehen vollbrachten sie eine Heldentat, sie alle zusammen, Hermann, Conny, Ludwig und nicht zuletzt Moni.

Ruhig und besonnen fuhr Ludwig seinen Wagen durch die Nacht, glücklich und sicher, mit dem Diktiergerät und zufriedenen Freunden an Bord. Moni musste den zweiten Wagen fahren und Iris wurde per Handy informiert.

Zuhause angekommen fielen alle vier erschöpft in ihre Betten und erholten sich von dem Abenteuer.

Iris lud zum Frühstück ein, damit keine Zeit verloren ging und man sich über die Wendung im Fall Iris Moser austauschen konnte. Sie war jetzt zuversichtlicher, die neuen Erkenntnisse wirkten wie ein Silberstreif am Horizont.

Peter deckte den Tisch, Iris fuhr schnell zum Bahnhof. Dort hatte ein Supermarkt auch am Sonntag geöffnet. Frische Brötchen und eine Flasche Sekt mussten sein.

Pünktlich um 10 Uhr saß die eingeschworene Runde beisammen. Ludwig brachte seine Frau mit, Moni hatte ihr schönstes Kleid angezogen und strahlte übers ganze Gesicht. Hermann fühlte sich wie Sherlock Holmes und Conny war Feuer und Flamme vom Kriminalisieren. Kurzum, eine glückliche Runde traf sich an dem sonnigen Sonntagmorgen bei Iris um den Stand der Dinge zu genießen.

Man wähnte sich auf der sicheren Seite, wenn... ja wenn Gift in den Gläschen war. Sollten Giselas Gläser lediglich mit bestem Bärlauchpesto gefüllt sein, dann war alles umsonst. Der Einsatz für die Katz, die Aktion eigentlich nur peinlich. Aber daran dachte niemand, man wähnte sich absolut sicher, die Giftquelle war lokalisiert und Iris heraus aus der Verdachtszone.

Gelächter und Gläserklingen hörte man aus dem Haus von Iris, die neuen Nachbarn wurden sogar aufmerksam. Das Haus war mehr als negativ aufgefallen und wirkte lange Zeit fast unbewohnt. Jetzt strahlte es vor Lebensfreude mit seinem eingewachsenen Traumgarten mit Blumen, Vögeln und freundlichen Menschen. Ganz anders als die Häuser rings herum.

Das „Frühstück" zog sich bis zum Abend, dann verabschiedete man sich und einigte sich darauf zu warten, bis das Ergebnis der polizeilichen Ermittlungen bekannt gegeben wurde.

Sie informierten Herrn Kampinski, den Anwalt von Iris, er konnte Akteneinsicht verlangen, um schnellstens an die Untersuchungsergebnisse zu kommen. Von sich aus wird die Polizei keine Auskünfte geben in einem sozusagen „laufenden Verfahren". Die Aufzeichnungen des Diktiergerätes wurden kopiert und auf Papier getippt, damit sie für den Anwalt zur Verfügung standen. Herr Kampinski machte sich an die Recherche nach der Tochter Ilona Hitzler. Es ging irgendwie weiter, das dumpfe Warten musste überbrückt werden.

Aber siehe da, es kam ein Anruf aus dem Bayerischen Wald von Rosemarie Wimmer bei Hermann an. Sie war recht kleinlaut und berichtete vom erneuten Besuch der Polizei in ihrem Haus. Zwei Beamte klingelten und baten eingelassen zu werden, das Gespräch sei vertraulich. Als sie im Wohnzimmer saßen eröffneten die Beamten, dass die beschlagnahmten Gläser mit Gift versetzt waren und eine tödliche Wirkung gehabt hätten, wären sie verzehrt worden. Die Wimmers sollten ins Polizeirevier kommen und alles zu Protokoll geben, woher die Gläser stammen und wer Zugang zu ihrem Kühlschrank gehabt haben könnte. Warum sie aber selbst vorbei gekommen seien, resultiert aus der Gefahr, dass weitere Gläser irgendwo gelagert sein könnten und sie im Vorfeld warnen müssten, davon zu essen. Rosi wurde eingehend belehrt, gewissenhaft nachzudenken, ob sie nicht doch Kenntnis von weiteren Pesto-Geschenken, vielleicht an befreundete Personen, haben würde. Sie müsse sich sofort melden, wenn ihr doch noch etwas einfiele.

Das war ein Paukenschlag, alles richtig gemacht, ein genialer Schachzug. Die Ausflüge von Hermann haben zum Erfolg geführt, er wurde ausgiebig gefeiert, die „Leidensgenossen" Eibel und Wimmer eingeladen.

Hermann gab ein Essen zum Verarbeiten der Ereignisse und zur Krisenbewältigung. Er wohnte mitten in der Stadt, wo niemals vermutet wurde, dass ein märchenhafter Innenhof zu seiner Wohnung gehörte. Dort trafen sich alle bei Würstchen mit Kraut, Bier, Zwetschgendatschi und Kaffee. Alles ohne Hasch und vor allem ohne Pesto.

Siebzehn

Man wartete brav auf die Aktivitäten der Polizei und traf sich oft bei feucht fröhlichen Gesellikeiten. Eigentlich war es eine schöne Zeit, die Freunde fühlten sich, als müssten sie die Schrecken der vergangenen Monate abstreifen und sich aus dem Schlamassel herauswühlen. Das gelang ihnen zeitweise vortrefflich, der Fall war allerdings noch nicht aufgeklärt.

Tage und Wochen vergingen, die Ruhe wurde Iris unheimlich, warum gab es keine Ergebnisse zu den Ereignissen um sie herum. Die Polizei mauerte, „laufende Ermittlungen" angeblich. In der Presse las man kein einziges Wort. Auch ihr Anwalt bekam keine Unterlagen zur Einsicht, die Zeit verstrich zäh. Iris bekam wieder das bedrückende Gefühl, dass etwas in der Luft schwebte, was nicht zu fassen war, sich aber doch zusammenbraute.

Iris drängte ihren Anwalt, doch herauszufinden, wo diese Ilona Hitzler wohnt, damit sie selbst aktiv werden konnte. Kampinski wand sich wie ein Wurm, „laufende Ermittlungen" sagte er, die Staatsanwaltschaft hat sich eingeschaltet und alles an sich genommen. „Ganz, ganz geheim!" und fügte hinzu: „Die Hitzler wohnt in der Gasse, in der auch Hermann Wagner wohnt und zwar in der Hausnummer 1. Die Adresse in Berlin war längst abgemeldet." Es dürfte aber nie bekannt werden, dass er die Adresse herausgegeben hatte.

Iris bedanke sich und war sozusagen schon auf dem Weg zu diesem Haus. Vorher läutete sie bei Hermann an um ihn vom neuen Stand der Dinge zu unterrichten. Hermann kannte das Haus genau, er war in seiner Schulzeit oft zu Besuch bei seinem Freund Michael, der dort gewohnt hat und zwar im 1. Stock links. Michael ist schon verstorben und um das Haus mit der Nr. 1 ist es sehr ruhig geworden, seit Jahren schon. Es sollte wohl saniert werden, wurde erzählt, die „Entmietung" zog sich allerdings lange hin. Niemand wusste genau, wer da noch wohnhaft war. Das Haus Nr. 1 war eben ein Sanierungsobjekt. Hermann begleitet Iris zur Haustüre, sie suchten vergebens nach Namen am Klingelschild, darum testeten sie einfach irgendwo. Sie läuten in der ersten Wohnung, in der zweiten und so weiter. Es tat sich nichts auf, aus keiner Wohnung kam ein Lebenszeichen.

Wenn sie nur in den Hausflur könnten, wären sie schon zufrieden, aber die Türe war fest verschlossen.

Iris und Hermann betrachteten das Schlüsselloch, und beiden war klar, es war nur ein einfaches Schloss für einen großen alten Schlüssel. Wie oft haben sie in ihrer Kindheit solche Schlösser mit einem Dietrich geöffnet, eine der leichtesten Übungen. Sofort schossen Iris ihre Erfahrungen mit der Justiz durch den Kopf und sie wendete sich vorsorglich ab, der Plan stand jedoch fest.

Iris schob die kriminellen Gedanken beiseite und wandte sich ihren Freunden zu, die sie monatelang vernachlässigt hatte.

Noch am gleichen Abend telefonierte sie mit den Engelkes, einem Arztehepaar im sogenannten Unruhestand. Das bedeutet, sie waren immer unterwegs in der ganzen Republik, sogar zu entfernten Zielen auf der ganzen Welt. Es war sozusagen ein glücklicher Umstand, dass Iris sie beim ersten Versuch schon erreichte. Erika Engelke war am Telefon, sie hatten sich unendlich viel zu erzählen, darum vereinbarten sie ein Frühstück bei Iris am nächsten Wochenende.

Hermann suchte indes seine „Türöffnungswerkzeuge" zusammen. Im Keller hatte er noch einen Dietrich gefunden und Drahtgebilde, die er sich selbst gebastelt hatte. An alten Schlössern versuchte er seine längst verlernten Fähigkeiten aufzufrischen. Sein Weg führte ihn auch in ein Schlüsselfachgeschäft, dort ließ er sich über Dietriche beraten und kaufte sogar einen. Nach sorgfältigen Übungen schlenderte er ganz zufällig am Haus mit der Nr.1 in seiner Gasse vorbei. Es war schon dämmerig, niemand außer ihm war unterwegs, als er kurz entschlossen begann, am Türschloss herumzuarbeiten. Ein kurzer Blick nach links und rechts, niemand war zu sehen und klick, die Türe war offen. Unauffällig machte er die Türe wieder zu und ging pfeifend weiter, als wäre nichts geschehen.

Man musste jetzt umsichtig sein, kein Telefon benutzen, man könnte abgehört werden. Die Erfahrungen mit der Justiz, die Iris machen musste, ließen ihn übervorsichtig werden.

Die Freunde trafen sich ohnehin an diesem Abend bei Moni, sie hatte zu Zwiebelkuchen und Federweißen eingeladen. Eventuell gab es auch ein Stückchen vom Rest der Linzer-Schnitten, die Conny vom Bayerischen Wald wieder mitgebracht hatte. An ein bisschen Hasch waren sie mittlerweile gewöhnt, den Spaß gönnte man sich einfach.

Das Highlight des Abend bot natürlich Hermann, als er den Dietrich auf den Tisch legte mit den Worten „bitteschön, das Haus Nr. 1 ist offen". Meine Güte, dachten alle, was soll das heißen. „Ich gehe einfach hinein und schaue nach meinem Freund, auch wenn er schon sieben Jahre lang tot ist, ich kann mich ja unwissend stellen, sollte ich dort drinnen jemanden antreffen."

Der Abend gestaltete sich lang, sechs Flaschen Federweißer wurden getrunken, und der Linzer-Kuchen vollständig aufgegessen. Hasch macht bekanntlich mutig, darum musste man nicht lang auf die Idee warten: „Wir gehen gleich jetzt in das Haus"

Iris wurde zuhause abgesetzt, natürlich von Conny, die wie immer, abstinent war. Dann fuhren sie zu Hermanns Wohnung, wo Ludwigs Frau und Conny warteten mussten, während die Männer, Hermann und Ludwig einen Abstecher zur Hausnummer 1 machten.

Ganz unauffällig schlenderten sie durch die Gasse. Hermann kannte nun das Schloss und hatte es schnell aufgesperrt, sie waren im Haus Nr. 1. Niemand hatte bemerkt, dass sich jemand am Schloss zu schaffen gemacht hatte, vielleicht wohnte kein Mensch mehr im Haus. Die Zwei machten das Treppenhauslicht an, alles war ganz normal, es funktionierte mit einem lauten „Klack". Hermann strebte gleich die Wohnung im ersten Stock links an, die ihm ja vertraut war. Die Holztreppe knarrte gleichmäßig, sie unterhielten sich laut, um einen möglichst normalen Eindruck zu hinterlassen, sollte sie jemand beobachten. Es regte sich nichts und niemand, das Haus war, wie es auch aussah, verlassen. Jedenfalls sah es vorerst so aus. Die Wohnungstüre im 1. Stock links hatte ein Sicherheitsschloss, zum Glück war sie nur angelehnt. Niemand hatte sich die Mühe gemacht, sie zu verschließen, die Wohnung war verlassen.

Es gab auch keine Lampen mehr und somit auch kein Licht. Hermann hatte natürlich eine Taschenlampe eingesteckt. Die benutzten sie vorsichtig, damit durch den Schein kein Verdacht bei Passanten auf der Gasse geschöpft werden konnte. Soviel Hermann sehen konnte, war die Wohnungseinrichtung von Michael nicht mehr vorhanden, es musste zwischenzeitlich eine andere Person dort gewohnt haben. Es gab Reste von modernen Möbeln, ein kaputter Schreibtisch, eine abgewohnte Couch, ein billiges Schlafzimmer und einige schäbige Teppiche. Hermann hielt den Lichtkegel der Taschenlampe tief am Boden, damit kein verdächtiges Licht nach außen drang. Nur kurz leuchtete er die Schubladen des Schreibtisches aus, es lagen einige Immobilienprospekte und Briefe darin. Weil man sich nicht näher damit beschäftigen wollte, steckte Ludwig alles ein. Zimmer für Zimmer suchten sie ab. Im Schlafzimmer lagen noch die Federbetten auf den Matratzen, sie wurden nicht mehr gebraucht, sahen aber unheimlich aus. Hermann schlug die Betten zurück, um sicher zu gehen, dass niemand darinnen lag. Die Spannung stieg bei jeder Schranktüre die sie öffneten, aber nichts passierte, niemand versteckte sich in den Möbeln, nicht einmal eine Leiche lag in den Schränken. Sie wurden dennoch nervös in der verstaubten, verlassenen

Wohnung und verständigten sich über eine Kopfbewegung, raus hier, man war lange genug im Haus. Sie hinterließen höchstens staubige Fußabdrücke, veränderten aber nichts. Sie lehnten die Türe wieder an, warfen noch einen Blick auf die Türen der anderen Parteien, alle waren verschlossen.

Das Licht hatte sich mit einem lauten „Klack" wieder ausgeschaltet. Die beiden kannten nun den Weg, die Taschenlampe erleuchtete die Treppen ausreichend, man tastete sich zur Haustüre. Die Gasse war leer, sie schlichen hinaus, zogen die Haustüre wieder zu und hüpften auf die Strasse um dann ganz normal mit einer lockeren Unterhaltung nach Hause zu gehen.

Ludwig und Hermann waren sich keiner Schuld bewusst, sie hatten sogar ein gutes Gefühl, wenn sie auch nicht viel gefunden haben.

Sie wurden mit Spannung erwartet und konnten sogar einige Fundstücke vorweisen. Alte Prospekte und aufgerissene Briefumschläge, die leider alle leer waren. Die Sichtfenster waren ohne Adresse, denn die Briefe fehlten. Ludwig untersuchte sie näher und schüttelte sie aus, denn in einem Umschlag zeichnete sich eine kleine Wölbung ab. Und siehe da, eine Handy-Sim-Karte fiel heraus. Sie war eingewickelt in einen Zettel mit den Angaben zur Sim-Karten-Nummer, Telefon-Nummer und Puck-Nummer.

Die Freunde bestaunten ihre Beute, insgeheim dachte sich jeder, wenn das ein Chip von Ilona Hitzler ist, dann kommen wir ihr auf die Spur. Die Kostbarkeit wurde sorgfältig eingetütet, niemand traute sich an das Fundstück. Ludwig und Conny machten ihr Handy auf um nach der Sim-Karte zu sehen, sie waren unterschiedlich groß.

Jetzt bloß keinen Fehler machen, einigten sie sich und wollten auf den Enkel von Hermann warten, der ein Experte in Elektronikfragen war.

Damit keine Zeit unnütz verstrich begann Hermann am nächsten Tag mit den Recherchen über das Haus und seine letzten Bewohner. Er plauderte mit ihm bekannten Gassenbewohnern, fast alle verneinten jede Kenntnis über das Haus und seine Mieter.

Aber natürlich fand sich doch jemand, Frau Süß wusste wer dort Hausmeister war und wohin er verzogen ist. Herr Sandner wohnt jetzt zwei Gassen weiter, der müsste wissen, wer alles im Haus Nr. 1 gewohnt hatte.

Es vergingen keine 10 Minuten, bis Hermann bei Frau Sandner klingelte. Sie war daheim, bat ihn herein. Eine kleine, zierliche, nette Frau führte ihn in die Wohnküche, wo sie gerade einen Kuchen gebacken hatte. Sie freute sich über den Besuch aus der Nachbarschaft und begann eifrig zu erzählen, dass ihr Mann im Krankenhaus läge wegen einer Operation an der Prostata, was sie hinter vorgehaltener Hand leise zu verstehen gab. Aber es wäre alles gut verlaufen und ihr Mann auf dem Weg der Besserung, er müsste keinen Tag auf ihre Versorgung mit gewohnten Leckereien verzichten. Das Essen im Krankenhaus könnte die Hausmannskost doch niemals ersetzen. Heute brächte sie ihm seinen Lieblingskuchen, der noch warm und so besonders lecker war. Darum hatte sie wohl nicht lange Zeit, aber was wollte Herr Wagner überhaupt von ihrem Mann?

Jetzt konnte Hermann ansetzen und sein Anliegen vorbringen. Frau Sandner erzählte bereitwillig von der Zeit in dem Haus mit der Nr. 1. Sie wohnten in dem Haus, ihr Mann war der Hausmeister und sie hatte die Treppenhausreinigung über, sogar als sie schon ausgezogen waren und das Haus fast leer stand.

Der Besitzer war ein Herr Hübner, der sich nie darum kümmerte, er wollte wohl alle Mieter draußen haben, ansonsten interessierte ihn nichts. Sie hielt das Treppenhaus immer blitz blank und achtete auf den gepflegten Zustand, damit konnten sie sich noch einige Euro dazu verdienen. Als dann der letzte Mieter verstorben war, wurde das Haus verschlossen und ihr Nebenjob gestrichen. Aber lange hätte sie das eh nicht mehr machen mögen, darum hat es schon gepasst. Sie hatten ja längst eine schönere Wohnung in einem gepflegten Haus in ihrer gewohnten Umgebung.

Auf die Nachfrage nach den letzten Mietern verwies Frau Sandner auf ihren Mann, der sich damit auskenne. Sie wisse nur von einer jüngeren Frau, mit ihr hatte der Hausbesitzer wohl ein Verhältnis, obwohl er doch verheiratet war, mehr wüsste nur ihr lieber Mann. Sie selbst wunderte sich nur, was es doch für Menschen gibt, ihr war nur die Hausordnung mit der Sauberkeit im Treppenhaus wichtig, denn sie wollte sich nichts nachsagen lassen. Ihre Sorge war stets unbegründet, ihr guter Ruf gesichert und ein Termin mit Herrn Sandner im Krankenhaus vereinbart. Hermann wollte nicht abwarten, bis dieser wieder zuhause war, denn die Sache hatte große Eile.

Es machte ihm nichts aus, dass er schon wochenlang seine Zeit mit Aufklärungsspionage verbrachte, es kam seinen Vorlieben und Neigungen sogar entgegen.

Im Leben von fremden Menschen herumsuchen und Zusammenhänge auskundschaften war schon immer sein Hobby gewesen, nicht dass er neugierig wäre! In diesem Fall, sogar Kriminalfall, war seine Suche nach dem Hintergrund

und der Wahrheit auch noch äußerst sinnvoll, ja sogar ehrenhaft.

Sein Weg führte ihn sofort zu Iris, um ihr die Neuigkeiten mitzuteilen. Als er den Namen Hübner erwähnte, ließ Iris sich erschrocken in einen Sessel fallen, der zum Glück hinter ihr stand. Ausgerechnet der Bauunternehmer Manfred Hübner, der ebenfalls den Giftgläsern zum Opfer fiel und nachweislich des nachts in ihrem Haus herumschlich, war der Besitzer dieses Hauses, noch dazu vielleicht mit Ilona Hitzler liiert, das konnte doch nicht sein. War die Welt denn so klein.

Voller Stolz erinnerte Hermann an den gefundenen Chip, der bald ausgelesen würde und hoffentlich neue Erkenntnisse preis gab. Iris war immer noch geschockt und konnte keinen klaren Gedanken fassen, welcher Film lief da in ihrer Umgebung ab.

Peter kam dazu und riet, doch die Polizei einzuweihen. Er erinnerte an die zurückliegenden Ereignisse. Sie könnte wieder in verhängnisvolle Verwicklungen kommen. Dass Hermann eigenmächtig in das Haus eingedrungen ist und noch dazu die Sim-Karte an sich genommen hat, war schon ein Straftatbestand.

Es wäre nun mal so gelaufen, meinte Hermann, er konnte jetzt nicht mehr zur Polizei gehen. Er wollte zuerst herausfinden, ob die Sim-Karte einer beteiligten Person zuzuordnen war. Wenn nicht, konnte er sie ja irgendwo auf der Straße hinlegen und wäre sie los.

Peter hatte wohl einen schlechten Tag in seinem Büro, er fuhr Hermann an, dass er die Chipkarte einfach in einem geeigneten Handy lesen könnte, es käme ihm doch nur auf die gespeicherten Nummern an.

Hermann wurde wütend, er kenne sich mit dem modernen Kram nicht aus und gehe lieber den sicheren Weg. Das müsse er schon ihm überlassen, er würde sich doch größte Mühe geben, Iris zu helfen.

Das Gerangel ließ Iris aus ihren Gedanken aufschrecken, sie fuhr dazwischen und mahnte Peter zur Umsicht. Man setzte sich erst einmal in bequeme Sessel und Peter machte schmunzelnd eine Flasche Rotwein auf. Alles war wieder gut, alle hatten sich wieder lieb und hielten zusammen. Bis Iris die Neuigkeit vom Hausbesitzer erzählte, der Manfred Hübner hieß. Peter stellte sein Weinglas ab und meinte nur noch: „Ja dann..."

Die Sache stinkt, meinte Peter, es hängt wohl noch ein langer Rattenschwanz an diesem Fall. Vor allem, wo waren die polizeilichen Ermittlungen?

Seine schlechte Laune lag auch daran, dass er noch einmal zu seinem Freund nach Kapstadt fliegen sollte, das Haus war fertig. Letzte Entscheidungen und

Planungen mussten durchgeführt werden. Er machte sich große Sorgen um Iris. Sie berieten sich und kamen zu dem Schluss, Iris sollte nicht alleine in ihrem Haus bleiben, solange Peter verreist war.

Natürlich konnte sie die paar Tage bei Hermann und Conny unterkommen, bis Peter zurück flog. Sie war dann mitten drin im aktuellen Geschehen und es sollte noch viel geschehen.

Peter beruhigte sich, er versprach, so schnell wie möglich zurück zu sein und warnte eindringlich vor Alleingängen beim Kriminalisieren. Alleingänge plante niemand, die Umstände verlangten allerdings Aktivitäten, wollte man nicht schicksalsergeben auf die untätige Polizei warten.

Hermanns Enkel war schnell zur Stelle, ein Blick genügte, der Chip war in ein geeignetes Handy eingelegt und die notwendigen Nummern gewählt.

Die Sim-Karte lebte wieder, das Display erleuchtete sich, Hermann drücke eine Taste und das Handy begrüßte ihn mit „Hallo Ilona". Er stieß einen Schrei aus auf den hin Conny ins Zimmer sprang. „Was ist passiert!" Hermann hielt ihr das Display zum lesen hin, auch Conny ließ sich zu einem Freudenschrei hinreißen. Mit der nächtlichen Exkursion haben die Freunde tatsächlich wieder einen Volltreffer gelandet.

Hermann traute sich nicht weiter am Handy zu spielen, denn er war sehr ungeschickt und nicht vertraut mit Handys, er hatte Angst, irgendwelche Einträge zu löschen. Sein Enkel, der Experte klickte fachgerecht am Handy herum. Hermann saß daneben und schrieb die Nummern auf, die sein Enkel Jonas ablas. Die Liste wurde immer länger, es waren fast nur Handynummern, aber auch Festnetznummer. Telefonieren konnte man nicht, denn der Hinweis, das Guthaben müsste aufgeladen werden unterband eine Verbindung.

Es war wieder ein großer Schritt getan. Das weitere Vorgehen musste sorgfältig geplant werden. Die Nummernliste bewahrte Hermann wie einen Schatz in seiner Dokumentenschublade auf. Jonas erklärte seinem Opa, es handle sich um die Sim-Karte eines Prepaid Handys, das Guthaben könnte mit einer Nummer aufgeladen werden, die im Discounter zu erwerben war.

Kein Problem, meinte Hermann, da geht er heute noch hin, dann könnte er als Ilona Hitzler bei den eingespeicherten Nummern anrufen, vielmehr er könnte eine Frau bitten, sich als Ilona auszugeben.

Das wird eine interessante Recherche, er würde sich damit Zeit lassen und sorgfältig vorgehen. Jonas erklärte ihm noch, dass man im Internet auch Rufnummern zurückverfolgen könnte, sofern sie nicht unterdrückt waren.

Natürlich musste er sofort damit anfangen.

Am nächsten Morgen war der Besuch im Krankenhaus bei Herrn Sandner geplant. Conny begleitete Hermann, sie mussten beachten, dass im Krankenhaus sehr früh gegessen wurde und sie rechtzeitig ankamen um nicht zu stören. Nachher wollten sie die Gelegenheit nutzen, selbst ein Lokal zum Mittagessen aufzusuchen.

Herr Sandner wartete schon sitzend im Bett. Die Abwechslung kam ihm gerade recht. Seine Frau hatte den Besuch angekündigt. Man stellte sich vor und holte Stühle ans Krankenbett, damit gemütlich geplauscht werden konnte. Zuerst tauschten sie Erinnerungen aus, über den gemeinsamen Freund und Bekannten Michael und über die neue Wohnung der Sandners, bis das Gespräch dann bei den Bewohnern der Hausnummer 1 angekommen war.

Es verhielt sich tatsächlich so, dass das Haus vor zwei Jahren vom Bauunternehmer Hübner gekauft wurde. Einige Wohnungen waren schon leer, der Zustand des Hauses erlaubte keine Vermietung mehr.

Herr Hübner wohnte selbst nicht im Haus, hatte aber einen Briefkasten auf seinen Namen. Er war sehr damit beschäftigt, andere Häuser in der Gasse auszukundschaften, um sie zu erwerben. Er ging fast täglich ins Haus, denn er hatte wohl ein Verhältnis mit der Frau im 1. Stock, sie hieß Hitzler. Wie Herr Sandner das beurteilte, hatte diese Frau ein Büro in der Wohnung, das sie täglich aufsuchte, aber auch nicht dort wohnte. Sie ließ ihr Auto in der einzigen Garage, die am Haus angebaut war, verschwinden und öffnete ein Fenster, damit ihre Anwesenheit sichtbar wurde. Herr Hübner kam dann in der Regel bald dazu, er parkte seinen Wagen einige Gassen entfernt. Auch Frau Hitzler hatte einen Briefkasten, der täglich reichlich gefüllt wurde.

Herr Sandner vermutet, es handelte sich um eine Briefkasten-Firma, da beide nicht im Haus wohnhaft, aber scheinbar doch dort gemeldet waren. Ansonsten kam er nie mit diesen Parteien in Berührung, sie wollten wohl ungestört sein. Es wohnte noch eine Witwe im Haus, der nicht so leicht gekündigt werden konnte.

Dass der Bauunternehmer Hübner verstorben war, hatte Herr Sandner gar nicht mitbekommen, es erklärte ihm aber, dass gar nichts mehr weiter ging mit diesem Haus.

Man verabschiedete sich freundlich und vereinbarte einen Besuch, nachdem Herr Sandner aus dem Krankenhaus entlassen wurde.

Das lief alles wie geschmiert, meinte Conny und freute sich auf das gemeinsame Essen im China-Garden mit ihrem Mann. Nachher musste sie ihr Gäste-zimmer für Iris herrichten, die ja schon bald bei ihnen wohnen würde. Hermann plante die Nummernrückverfolgung im Internet. Es war eine sehr aufregende Zeit. Seine Frau war voll dabei und genoss die gemeinsamen Unternehmungen mit ihrem Mann und den Freunden.

Hermann schrieb die gesammelten Informationen sorgfältig auf und ließ sie dem Anwalt Kampinski zukommen. Iris wurde natürlich von ihm persönlich informiert, denn das Telefon war tabu.

Er verband die Info geschickt mit einem Nachmittagskaffee mit seiner Frau im gemütlichen Wohnzimmer von Iris. Sie hatte ihre Hecken, die um ihr Haus standen, höher wachsen lassen, damit die blendend weißen Reihenhauskäst-chen nicht so dominant zu sehen waren. Der kreative Holzzaun war längst abgebaut. Mit einigen Besitzern der Reihenhäuser, hatte sie sich inzwischen schon bekannt gemacht. Einige klagten ihr Leid mit dem neuen Bauträger, der schlampig gearbeitet hatte und die Mängel nur mit größtem Druck aner-kannte und nur zögernd behob. Fast alle Häuser waren vermietet und wurden wohl nur zur Geldanlage gekauft.

Diese Mieter engagierten sich nicht so sehr mit der Nachbarschaftspflege, sie lebten zurückgezogen und blieben außen vor. Das Wohngefühl von Iris war getrübt, es gab ihr vertrautes Stadtviertel nicht mehr. Sie trug sich mit dem Gedanken, das Haus zu verkaufen und die unschönen Erinnerungen und die Reihenhausumgebung hinter sich zu lassen. Wenn Iris nur wüsste, wo es besser war, könnte sie sich von ihrem Haus trennen.

Iris reiste gerne in der Welt herum, um andere Lebensweisen kennen zu lernen. Sie fühlte sich schnell wohl an fremden Orten und tauchte gerne ein in das Flair anderer Kulturen. Sie liebte Länder mit einer positiven Ausstrah-lung, wie zum Beispiel Italien, England, nicht zuletzt Nordamerika, wo sie Freunde hatte.

Besonders reizvoll fand sie ferne Länder, die es zu erleben galt, wie Afrika, Brasilien oder Neuseeland. Ein fremdes Lebensgefühl zu erkunden, den Puls des Lebens in Rio oder Kapstadt zu fühlen und in ihren Erfahrungsschatz einzufügen, bereicherten ihr Leben.

Selbstverständlich kehrte sie immer gerne zurück, zweifelte nie an ihrer Heimat. Sie war überzeugt, dass es dort am besten war.

Nach den Erlebnissen der letzten Monate beschlichen sie zum ersten Mal Zweifel.

Achtzehn

Iris wollte das letzte Wochenende mit Peter genießen, bevor er nach Afrika flog. Zum Frühstück hatte Sie die Engelkes eingeladen und bat Ludwig und seine Frau noch dazu. Sie deckte den Tisch besonders aufwendig mit Herbstlaub, Hagebutten und den letzten Rosen aus dem Garten, suchte eine CD mit italienischen Liedern heraus und bereitete Dips zu, die lecker zu ihrem selbstgebackenen Vollkornbrot schmeckten. Luftgetrockneter Schinken, feine Käsespezialitäten und fruchtige Marmeladen rundeten das Frühstück ab. Alle würden sich wohl fühlen, wie immer bei Iris.

Die Gäste fuhren vor, Peter bat sie ins Haus, er war ja die große Überraschung, denn Erika und Günther kannten Peter noch nicht. Glücklich stellte Iris ihren neuen Lebenspartner vor. Sekt wurde eingeschenkt, man prostete sich zu. Der Pfarrer Ludwig mit Gattin traf ein, man öffnete sogar eine zweite Sektflasche. Beschwingt ging man zum Kaffee über.

Iris wollte nicht auf die schreckliche Zeit eingehen, die hinter ihr lag. Es war auch nicht nötig, denn Engelkes hatten überhaupt nichts mitbekommen, sie waren unentwegt auf Reisen. Kein Wunder, dass diese Reisen im Mittelpunkt standen und Günther begeistert davon berichtete.

Zuletzt waren sie in Dubai und zwar zum Golfspielen. „Wie geht das?" fragt Ludwig verwundert, die Wüste wäre doch denkbar ungeeignet.

Ja, das war ihnen fast peinlich, aber sie waren tatsächlich zum Golfen in Dubai und dem nicht genug, sie sind auch noch Ski gefahren.

Ein alter Freund hat sie eingeladen, auf einen Trip nach Dubai. Sie hätten wohl nicht lange gezögert und sind mitgeflogen. Im Nachhinein gesehen, war es dekadent, sie schämten sich eigentlich dafür.

Die Reise war so verlockend, dass sie überfahren wurden von dem Angebot. Ihr Freund wollte ihnen seine Möglichkeiten aufzeigen und hat sich nicht lumpen lassen. Er buchte ein angesagtes Hotel, die Golfausrüstung mussten sie nicht mitnehmen, es wurde alles gestellt und zwar vom Feinsten.

Um das „Grün" der Plätze zur erhalten, war es notwendig, sie unentwegt zu besprengen, als wäre Wasser im Überfluss vorhanden. Es war auch in unbegrenzter Menge vorhanden, denn die Saudis gewinnen Trinkwasser aus dem Meer, die Energie dafür haben sie auch unbegrenzt. Es war eine wunderbare Reise in eine unwirkliche Welt des Reichtums, die sie eigentlich doch sehr

Magnetschwebebahn in Dubai über dem „Palm Island"

genossen haben, müssten sie zugeben. Alle stellten jetzt nur die Frage, wie der edle Spender zu so viel Geld gekommen ist.

„Ja das sollte man doch für sich behalten, er ist in der Baubranche, das läuft gerade saugut für ihn. Er hat sogar ein Projekt in Dubai und konnte die Reise als Spesen absetzen." meinte Günther Engelke.

Allen blieb der Mund offen stehen und Ludwig bohrte nach, wo denn dieser Baulöwe daheim ist. Und siehe da, er war aus ihrer Stadt und verdiente hier sein vieles Geld.

Das müsste jetzt unter ihnen bleiben, der Freund hat das Unternehmen Ceralis, tritt aber selten unter dem Namen auf. Iris hatte den Namen schon gehört, es ist ein Baubüro, das fast immer alle Aufträge in der Stadt bekam, wenn man genau aufpasste.

„Ja die wollen nicht auffallen und haben sich in mehrere kleinere Gruppen aufgeteilt, die dann jeweils unter einem anderen Namen auftreten, dahinter steckt aber das große Unternehmen."

Günther hat diese Praktiken heraus bekommen, weil sein Freund an den langen, feucht fröhlichen Abenden im Luxushotel einiges ausgeplaudert hatte, was er am nächsten Tag mit der Bitte um Verschwiegenheit sehr bereute.

Das müsse jetzt aber unter uns bleiben, wiederholte sich Günther, der schon das dritte Glas Sekt intus hatte. Vermutlich hätte er nicht so viel erzählt, wenn er nicht punkten wollte in der Gruppe. Wer gibt nicht gerne mit ungewöhnlich erfolgreichen Bekannten an, noch dazu wenn es sogar eine Einladung zu den Schönen und Reichen gegeben hatte.

Die Freunde gaben sich unbeeindruckt, ihr großes Interesse sollte nicht zu sehr auffallen, darum wendete man sich anderen Themen zu.

Peter schenkte nachdenklich den Kaffee ein. Iris tischte auf, dass bald kein Platz mehr auf dem Tisch war. Das Frühstück sollte auch für das Mittagessen reichen. Allen schmeckte es, Iris erzählte von Südafrika, damit sie auch mit einer Reise angeben konnte.

Als sich Erika und Günther verabschiedeten, blieb Ludwig mit seiner Frau noch sitzen. Sie wollten sich über die Machenschaften von Ceralis besprechen. Jeder kannte ein Beispiel, wo neue hochpreisige Wohnungen gebaut wurden oder werden. Reihenhäuser, Wohnblocks mit Eigentumswohnungen vom Feinsten und Doppelhäuser auf Grundstücken in denen vorher ein kleines Häuschen gestanden hatte. Ganze Stadtviertel entstanden neu, in Form von einfaltslosen, standardisierten weißen Kästchen, mit einer möglichst günstigen Bausubstanz und vielen Wohneinheiten zu Höchstpreisen.

Weit entfernt von einer sinnvollen Stadtentwicklung wurde eine Gelddruckmaschine angeworfen, die anscheinend von der Stadtverwaltung geduldet war.

Das Problem wurde schon häufig von Bürgerinitiativen aufgegriffen, in überregionalen Zeitungen zitiert und am Wirtshaustisch beschimpft. Aber es ging immer weiter. Für Eigentumswohnungen verlangte man Superpreise, bezahlbarer Wohnraum entstand nicht. Für den „Normalbürger" wurde die Stadt unerschwinglich.

Wer allerdings zuviel Geld hatte, kaufte sich eine Wohnung im noblem „Parkside" oder „Sunset" wie diese Siedlungen elegant getauft wurden, um sein Geld krisensicher anzulegen. Man nannte die Entwicklung eine Investition in Betongold. Die Zeit war günstig, der Markt unersättlich, doch ihre schöne Stadt wurde immer mehr vermarktet. Leider nur zum Wohle der Baubranche und vielleicht auch der Politiker.

Peter war am ruhigsten, er hatte den besten Einblick in das Baugeschehen der Stadtentwicklung. Ihm wurde immer klarer, der Bauunternehmer Hübner war nur ein kleines Rädchen im Getriebe, er hatte sich darauf spezialisiert, älteren Hausbesitzern ihr Häuschen abzukaufen, vermutlich sogar auf Provisionsbasis. Er wollte vermutlich auch Iris aus dem Haus treiben. Wie der Vorfall mit dem Tischchenrücken bei Helga Scholze wirklich war, wollte er gar nicht wissen. „Um Himmelswillen" meinte Iris, was hätte ihr noch alles passieren können, wäre Herr Hübner nicht verstorben.

Jetzt saßen die vier nachdenklich am Tisch, Ratlosigkeit machte sich breit, Peter holte eine Flasche eiskalten Korn. Gerne kippte jeder ein Stamperl Schnaps hinunter, die Bedrohung war riesengroß geworden, sie schienen es mit einer Krake der Baubranche zu tun zu haben. Wie konnte dieser Krake so mächtig werden? War in dieser Entwicklung auch die Untätigkeit der Polizei begründet?

Hermann und Conny wurden dazu gebeten, man beachtete die Vorsichtsmaß- nahme - keine Gespräche am Telefon - ! Zur Begrüßung bekam Hermann auch einen Schnaps, um zur neuen Wendung in dem Fall anzustoßen.

Er hatte natürlich seine Liste mit den zurückverfolgten Nummern dabei und das betriebsbereite Handy. Hier musste die Spur weiter verfolgt werden. Jetzt hatte man nicht nur die Tochter der Wenningers, eine einzelne Person als Verdächtigen, sondern eine ganze Mafia.

Die Planung, dass Iris nicht mehr alleine in ihrem Haus blieb, erwies sich als durchaus sinnvoll.

Der Fall sollte offiziell wohl ruhen, Gras darüber wachsen. Der Verdacht der Tötung aber blieb auf Iris sitzen, solange es keine Aufklärung gab. Somit könnte es im Interesse der Baubranche sein, Iris an ihren Nachforschungen zu hindern, auch wenn sie mit Hilfe ihrer Freunde durchgeführt wurden. Sie fühlte sich beobachtet und nicht so recht wohl in ihrer Rolle, die sie zwangs- läufig einnehmen musste.

Nachdem sich Conny und Hermann auch an den Frühstücksresten gütlich getan hatten, holte Iris ihren Laptop an den Tisch und Hermann legte seine Liste bereit. Neun Namen hatte er selbst ermittelt, Iris gab sie in ihre Such- maschine ein, wie erwartet waren sieben davon Bauunternehmer. Einer war ihnen hinreichend bekannt, er hieß Hübner Manfred.

Es gab keinen Zweifel, das Handy gehörte Ilona Hitzler, der Tochter von Walter und Gisela Wenninger. Es war eine Theorie, dass diese Frau etwas mit den Giftmorden zu tun hatte, nur eine Theorie. Man kannte die Schilderungen von Rosemarie über die Ereignisse beim gemeinsamen Grillabend. Nach diesen Schilderungen war die Tochter der Wenningers bei der Zubereitung des Bärlauchpestos im Haus anwesend, aber das beweist eigentlich - gar nichts.

Es war aber die einzige Spur, es hatte sich bisher sehr bewährt, den Weg nachzugehen, der sich aufzeigte.

Obwohl sich eine Entmutigung breit machte, baute man sich gegenseitig auf. Das war am einfachsten, mit einem weiteren Stamperl Schnaps.

Es war schon Nachmittag, als Iris beschloss, eine gespeicherte Nummer, die nicht zurückverfolgt werden konnte, anzurufen.

Es klingelte dreimal, dann meldete sich eine Männerstimme mit einem freundlichen „Ja".

So genau hätte sie es gar nicht wissen wollen, dachte Iris und nahm allen Mut zusammen. Mit einem „Ja grüß dich" meldete sie sich einfach auch anonym. Der Angerufene hatte wohl aufs Display geschaut und antwortete: „Hallo Illi, wie gehts, was gibts" sie antwortete geistesgegenwärtig mit: „Es wäre noch etwas zu klären von Manfreds Unterlagen, ich will das nicht am Telefon besprechen"

„Ja klar, ich bin jetzt noch im Rathaus, ruf mich später noch mal an, ich muss auf eine Vereinsfeier am Nachmittag und kann nicht abschätzen, wann ich da raus komm."

„Is gut, danke" stammelte Iris noch, denn sie wusste, das war der Oberbürgermeister Gerhard Holler persönlich. Sie hielt das Handy weit von sich, als würde es beißen und wurde ganz blass.

„Das war der Holler" gab sie bekannt, die Freunde lehnten sich zurück, verdutzt und erschrocken. Peter schenkte den Schnaps nach, den man dankbar weg kippte.

Sie hatten es befürchtete, die Politik war auch involviert. Für den Tag war es genug, zuviel Alkohol, zuviel Aufregung. Iris wollte am nächsten Tag weiter telefonieren, mit klarem Kopf, in aller Ruhe. Mit dem Plan gingen die Freunde heim, man musste die Erkenntnisse erst einmal verarbeiten.

Am nächsten Tag packte Peter seine Koffer für Afrika und Iris suchte einige Utensilien für die Übernachtungen bei Hermann und Conny zusammen. Sie brachte Peter zum Flughafen, der Abschied fiel ihr besonders schwer, als wäre es endgültig.

Auf dem Heimweg strich sie die dunklen Gedanken weg und drehte ihr Autoradio laut auf. Sie wählte einen Sender, der laufend Oldies aus den 60er und 70er Jahren spielte, sie taten ihrer Seele gut und ließen ein positives Lebensgefühl aufkommen. Genau das brauchte Iris jetzt, sie fühlte sich, als stände sie neben sich, eingefangen in unsichere Lebensumstände, sozusagen in einer Warteschleife, die nervte.

Ihr Weg führte sie direkt zu Hermann und Conny, mit der klaren Absicht, die

Telefonrecherchen fortzuführen.

Es war schon Nachmittag, Conny erwartete sie mit einem gedeckten Kaffeetisch. Die Freunde wussten um Iris Verfassung und wollten ihr helfen, soweit es nur ging.

Hermann hatte schon Handy und Nummern hergerichtet, man einigte sich auf eine Nummer, die ihnen noch unbekannt war. Vor allem galt es, den Aufenthaltsort von Ilona Hitzler aufzudecken. Die Rolle dieser Frau musste durchleuchtet werden, vielleicht war sie der Schlüssel zum Erfolg. Man konnte sagen, über sie führte der einzige Weg zur Aufklärung der Morde.

Also volle Konzentration, die Nummer wurde gewählt. Iris musste in den unendlich langen Momenten der ersten Klingeltöne die Nerven behalten. Sie setzte ihr Pokerface auf und blickte ins Leere. Sie wusste nicht, kommt eine Frau ans Telefon oder ein Mann, nur dass sie blitzschnell gut reagieren wollte.

Tatsächlich klickte es in der Leitung, eine Frau mit rauer Stimme war dran. Wieder ein anonymes „ja bitte". Iris entschied sich für ein du und antwortete: „grüß dich, entschuldige die Störung, ich suche Ilona, sie hat ihr Handy bei mir vergessen, wo kann ich sie erreichen".

Nach einer zu langen Pause antwortete die Frau „Ilona ist doch hier, sie schneidet Haare, ihr Handy hatte sie vor langer Zeit verloren, wer ist denn dran".

Jetzt wusste Iris nicht weiter und beendete das Gespräch, wohl wissend, dass sie viel Staub aufgewirbelt hatte. Ilona wurde nun vorgewarnt, die Frau am Telefon würde sie vom Anruf unterrichten.

Sie hatte gelernt, jetzt nicht aufzugeben, die Flucht nach vorne war angesagt. Das hieß in ihrem Fall, sofort weitere Nummern anrufen, bevor Ilona informiert wurde. Sie würde ihre Freunde unterrichten, deren Nummern auf der verlorenen Sim-Karte gespeichert waren.

„Keep cool" beruhigte Hermann, nichts überstürzen, erst einmal durchatmen und überlegen. Was hatte die Frau am Telefon gesagt, Ilona würde Haare schneiden? War im Gespräch bei den Wimmers nicht die Rede vom Beruf der Tochter Ilona, hatte sie nicht Friseuse gelernt und dann später noch eine Ausbildung zur Modeschneiderin gemacht. Vielleicht arbeitete Ilona Hitzler in ihrem alten Beruf als Friseuse, gab er zu bedenken.

Darauf wollten sie aufbauen beim nächsten Anruf. Schon griff Iris zu Hörer und wählte eine unbekannte Nummer aus Hermanns Aufzeichnungen. Die Nervosität legte sich etwas, Iris arbeitete sich ein.

Es meldete sich ein Mann, diesmal sogar mit seinem Namen. „Sigi Mauser, hallo!"

„Hier Barbie Klein, ich hätte eine Bitte. Ich suche Ilona, ich habe ihr Handy gefunden und würde es ihr gerne zurückbringen, außerdem braucht mein Freund einen Haarschnitt, dann können wir alles verbinden. Kannst Du mir sagen, wo ich Ilona heute finden kann." fragte Iris ungeniert locker.

Sigi Mauser überlegte grummelnd und kam zum Schluss, dass er nicht wüsste, wo sich Ilona herum trieb, aber ihre Freundin Susi sei immer informiert. Er gab die Nummer von Susi durch, mit der Hoffnung, weiter geholfen zu haben und verabschiedete sich freundlich.

„Super, danke", damit beendete Iris das Gespräch und legte auf. Jetzt kam es darauf an, bei der Freundin Susi keinen Verdacht zu erregen. Iris meinte, es wäre vielleicht besser, wenn ein Mann den Anruf tätigt. Da außer Hermann kein männliches Wesen anwesend war, nahm er den Hörer und wählte die Nummer von Susi.

„Hi Susi, ich habe die Nummer von Sigi und bin auf der Suche nach Ilona, ich brauche sie dringend. Sie hat scheinbar eine neue Handynummer, kannst du mir sagen, wo ich sie finde."

„Na klar" meinte Susi „Illi ist das Wochenende in der Western Town bei der Rockabilly Convention", man würde sie ja leicht finden, „sie schneidet Haare im Saloon am Ende der Main Street. Dort brummt der Bär, es ist ein gigantisches Event mit tollen Bands, ich fahre auch hin."

„Oh vielen Dank, Du hast mir sehr geholfen, bis dann, vielleicht treffen wir uns dort" antwortete Hermann erleichtert. Ilona Hitzler war geortet.

Iris hüpfte vor Freude, für Rockabilly Bands hatte sie ein Faible, sie hätte ohnehin mit dem Gedanken gespielt, zur Rockabilly Convention am Wochenende in die Western Town zu fahren.

Hermann meinte, da kommt er mit, die großen Hamburger mit Potatoe-Wedges liebt er über alles. Nur könnte er erst übermorgen, denn am nächsten Tag kämen die Kinder zu Besuch.

Iris überschlief die Neuigkeit, nachdem sie sich am PC eingehend über das Programm am Wochenende in der Western-Town informiert hatte. Insgeheim fasste sie den Entschluss, schon am nächsten Tag hinzufahren, sie hielt es nicht länger aus und wollte diese Ilona finden, außerdem spielten die besten Bands auch an diesem Tag. Mit Hermann und Conny konnte sie dann noch einmal hinfahren und notwendige Maßnahmen ergreifen. Sie machte sozusagen die Vorhut um die Lage zu klären. Sie frühstückten fröhlich zusammen, als Iris ihren Entschluss mitteilte, noch am gleichen Tag loszufahren. Hermann und Conny hätten dann Muße für ihre Kinder und Enkel.

Iris fühlte sich fast daheim in der Western Town und kannte sich dort gut aus. Bei so einem Event waren hunderte von Menschen anwesend, es war somit völlig ungefährlich, alleine dorthin zu fahren.

Conny holte schnell noch Milch vom Supermarkt, kam aufgeregt zurück und berichtete, dass vor dem Haus mit der Nr. 1 zwei Autos standen und rege Geschäftigkeit herrschte. Jetzt nur kein Aufsehen, meinte Hermann und alle blieben im Haus bis die Autos verschwunden waren. Dann ging er unauffällig vorbei und sah, das Haus mit der Nr. 1 war polizeilich versiegelt.

Jetzt haben wir die Bescherung, dachten sie, die Behörden haben Wind bekommen. Der Fall wird immer unheimlicher. Bisher gab es keine Reaktion der Kripo, bis anscheinend durchgedrungen war, dass jemand die Spuren verfolgte.

Dietmar Kampinski wurde sofort kontaktiert, aber er war genauso überrascht, auch er hatte keinerlei Erkenntnisse zu den Ermittlungen der Polizei.

Die Freunde weihten ihn nicht in ihr neues Wissen über Ilona Hitzler ein. Sie durfte nicht aufgeschreckt werden, wenn es nicht schon passiert war.

Bei der Aufregung wurde es elf Uhr bis Iris losfahren konnte in die Western Stadt. Die Autobahn war wenig befahren, sie legte sich eine passende CD ein und lenkte - Rock'n Roll beschwingt - ihren Wagen in Richtung Bayerischer Wald, wo sich der Freizeitpark befand.

Bereits vor der Ausfahrt wies ein Schild auf die Western Stadt hin, damit niemand das Abfahren versäumte. Ab und zu begegnete ihr ein Oldtimer in Form eines flotten Ami-Schlittens. Von Weitem sah sie, dass der Parkplatz überfüllt war. Helfer wiesen ihr den Weg zu entlegenen Flächen, wo sie noch ein Plätzchen finden konnte. Aus der nahen Western-Stadt hörte man schon die Musik, eine Prozession von flott gestylten Menschen machte sich auf den Weg zum Eingang. Frauen mit getupften Kleidern, Petticoats und Frisuren der 50er, 60er Jahre gingen neben ihr, mit knallrot geschminkten Lippen und biederen Täschchen. Sogar die Kinderwägen waren aus Peddigrohrgeflecht aus dieser Zeit und auch die Babys hatten Schleifen aus gepunktetem Stoff um das Köpfchen gebunden. Beliebt waren auch Stoffe mit Karos, Streifen und Kirschen als Muster. Die Haare waren gelockt, toupiert oder züchtig mit einer Tolle hoch gesteckt.

Dazwischen fuhr immer wieder ein Chevy oder Cadillac dumpf dröhnend vorbei, ganz langsam, damit sich seine Wirkung voll entfalten konnte. Die

Männer standen der Tradition nicht nach, sie waren mit einer Tolle auf dem Kopf sauber rasiert und pomadisiert, mit Hosenträgern, hochgeschlagenen Latzhosen, Boots und T-Shirts. Über den Hemden wurden stylische Lederjacken getragen, damit man sich auch kälteren Temperaturen anpassen konnte. Iris kam aus dem Bewundern nicht mehr heraus, diese aufregende Welt im Rockabilly-Trend strahlte eine Zuversicht aus, eine optimistische Weltanschauung. Genau das Richtige für Iris, sie freute sich auf die Bands, die sie schon hörte. Sie bezahlte den Eintritt am Tor und machte sich auf den Weg zur Main Street, die gesäumt war mit Rockabilly Cars, wunderschönen tollen Autos, Mustangs, Chevrolets, Cadillacs usw., aus der Zeit von Elvis und James Dean.

Vor dem Sheriff-Office spielte die erste Band im Super Style, das volle Programm mit rasierter Frisur, Latzhosen und Stiefeln. In der Gesäßtasche der Jeans steckte ein kleines Handtuch, das jeder Rockerbilly immer bei sich hatte. Auf der Straße vor der Band tanzten Paare Rock'n Roll, voller Lebensfreude, mit viel Schwung, manche sogar in echter Perfektion. Iris schaute so gerne zu, sie liebte Rock'n Roll, noch dazu in dieser authentischen Umgebung.

Sie blieb eine Weile stehen, besann sich aber auf ihr Ziel, das Ilona Hitzler hieß. Susi hatte am Telefon gemeint, man fände sie im Saloon am Ende der Main Street. Es war nicht mehr weit, auf der Veranda saßen und standen Rockabillys gemütlich beim Bier zusammen, sie bahnte sich einen Weg durch das Gewühl. Im Inneren des Saloons, der mit ausgestopften Bisonschädeln geschmückt war, trugen Bedienungen Bier und Hamburger aus. Sie hatten lange wallende Röcke an und einen tiefen Ausschnitt an der Bluse. Alle Tische waren besetzt, Iris kletterte auf einen der Stehhocker an der langen Theke und schaute sich in Ruhe um.

Die abgefahrensten Typen gingen vorbei zur Music Hall, in der sich gerade eine angesagte Band bereit machte.

Iris hatte noch nichts zu Mittag gegessen, sie bestellte sich eine Folienkartoffel mit Sauerrahmdip und Salat und genehmigte sich ein Bier dazu. Eigentlich wollte sie auch die Band in der Music Hall hören, aber zuerst musste sie nach Ilona suchen. Das würde ihr mit vollem Magen besser gelingen, ihre Anwesenheit war auch unauffälliger, wenn sie sich ein Essen bestellte.

Als der Durchgangsverkehr weniger wurde, eröffnete sich ihr ein Blick auf die kleine Bühne im Saloon, auf der sonst ein Klavier stand. Auf dem Podium war ein kleiner, aber feiner Friseursaloon aufgebaut.

Eine malerische Szene, wie im Film. Zwei Friseure, eine Frau und ein Mann arbeiteten professionell an den Köpfen ihrer Kunden.

Iris erkannte sofort, so ein Look braucht einen Profi-Friseur. Der Besuch eines solchen „Barbers" gehörte zum gepflegten Äußeren eines Rockabilly-Fans. Nicht zuletzt auch für das sekundäre Geschlechtsmerkmal des Mannes, den Bart, zum Beispiel den Vollbart, den Kaiser-Wilhelm-Bart, den Schnurrbart, den Backenbart - selbst Koteletten zählen mit zu den Bärten.

Spätestens beim Anblick dieser Szene wurde jedem klar, so ein Retrolook will wohl durchdacht, geplant und sogar gelebt sein. Man nimmt es sehr ernst, legte man dann einen gekonnten Rock'n Roll aufs Parkett, oder auf die Main-Street, wirkte es doppelt genial, mit dem authentischen äußeren Erscheinungsbild eines echten Rockabilly.

So ein Style ging nicht ohne die entsprechenden Hilfsmittel, wie Tonic After Shave, Hair Tonic, Bartöle, Gesichtswasser und Pomaden mit den Namen Lucky Tiger, Dapper Dan, Mr. Bear Family. All diese unverzichtbaren Produkte waren liebevoll aufgebaut, damit sich jeder Mann, der auf sich hält, damit versorgen konnte.

Der kleine Friseursalon strahlte eine unglaubliche Faszination aus, die Iris ein Lächeln ins Gesicht zauberte. Fast hätte sie ihr Ziel aus den Augen verloren, obwohl sie gebannt darauf blickte.

Iris hielt es für unauffällig, die Bedienung zu fragen, wo Ilona zu finden sei. Ihre zuständige Serviererin hatte einen besonders üppigen Ausschnitt an der Bluse mit üppigen Rüschen drum herum und war super nett. Sie räumte ihren Teller ab, kannte aber keine Ilona, darum rief sie quer über den Tresen, ob jemand Ilona kennt. Der Barkeeper trat näher, kritisch zögernd, als wollte er fragen - was willst du von ihr. Antwortete aber dann knapp, Illi wäre noch unten im Haus.

Das brachte wieder die supernette dralle Bedienung auf den Plan. „Ach ja, das ist die zweite Friseuse, die hat wohl die nächste Schicht und wohnt hier in der Western-Town. Sie hat eine Hütte im Authentic Bereich und ist fast immer da".

So jetzt wusste es der ganze Saloon, aber was wollte sie machen, die Menschen in der Western-Town waren eben sehr nett und hilfsbereit. Iris war erschrocken, unauffälliger ging es wohl nicht mehr.

Sie versuchte sich zu beruhigen, bezahlte und setzte sich noch einige Zeit in die Music Hall um dem Rock'n Roll zu lauschen.

Rolling Barber, Rockabilly Convention

Es wollte aber keine rechte Stimmung mehr bei ihr aufkommen, doch wer sollte sie hier überhaupt wahr nehmen, jede Panik war umsonst, dachte sie.

Sie plante seit Jahren, den Authentic-Bereich zu besuchen, war aber nie dazu gekommen. Nie konnte sie sich von der Szene an der Main-Street losreißen, um hinunter in den Wald zum Tal mit den Hütten zu gehen.

Jetzt war die Gelegenheit, sie hatte ohnehin keine rechte Muße um die Musik zu genießen, das könnte sie beim nächsten Besuch nachholen.

Sie wollte gegen 18 Uhr wieder bei Hermann und Conny sein, das ging sich gerade noch aus. Sie marschierte los, an den fröhlichen Besuchern vorbei, die ihre Kinder Ponyreiten, Goldwaschen oder Indianergeschichten hören ließen.

Der Authentic Bereich war durch einen Holzwall, wie ein Western-Fort abgetrennt. An der schmalen Eingangstüre hing ein Schild mit dem Hinweis auf ein Privatrefugium, dem man Respekt zollen sollte.

Auf diesem Gelände konnten Grundstücke gepachtet und Blockhütten im Eigenbau zur privaten Nutzung gebaut werden. Die Voraussetzung war, es musste eine authentische Figur aus der Zeit von 1740 bis 1870 tatsächlich gelebt werden. Es bot Frauen, Männern und Kindern die Möglichkeit, die Identität einer historischen Gestalt anzunehmen, mit Kleidung, Schmuck, Handwerk und allem was dazu gehört. Dieser Bereich erfreute sich großer Beliebtheit, es war schwer, einen „Claim" zu ergattern. Personen aus allen Schichten der Bevölkerung fanden sich zusammen, um dem Alltag zu entfliehen, wenn es auch nur fürs Wochenende oder einige Urlaubstage möglich war.

Iris schlenderte durch das Blockhüttendorf. Um es zu genießen, hätte sie viel mehr Zeit gebraucht. Jedes kleine Grundstück war individuell gestaltet. Eines war mit Granitfindlingen eingefasst, beim nächsten genügte ein Seil als Abgrenzung, das um die Waldbäume geschlungen wurde. Viele Häuschen waren offen, es gab sogar eine Näherin für die historische Kleidung. Sie hatte eine reizende Stube mit Stoffballen, Spitzen, Scheren und Modellen eingerichtet. Iris hätte mit den Bewohnern ins Gespräch kommen und dort einen ganzen Tag verbringen können. Doch sie wolle sich nur einen kurzen Einblick verschaffen und am nächsten Tag mit den Freunden zurück kommen. Hatte sie so gedacht. Sie ging noch den Rundweg ganz hinab, wo es immer einsamer wurde und der Wald immer dichter.

Neunzehn

Conny und Hermann verabschiedeten ihre Kinder, es war ein wunderschöner Nachmittag. Das Wohnzimmer glich einem Schlachtfeld, die Enkel hatten ganze Arbeit geleistet. Obwohl ihre Eltern beim Aufräumen behilflich waren, gab es noch viel Arbeit, bis wieder Normalität einkehren konnte. Hermann hatte Iris ganz vergessen, es war schon 20 Uhr, als ihm auffiel, dass sie um 18 Uhr zurück sein wollte. Besorgt schauten sie sich an, wollten aber abwarten. Es könnte ein Stau auf der Autobahn sein, oder Iris wollte sich nicht von den Rockabillys losreißen. Aber sie hätte doch angerufen.

Es wurde 22 Uhr und Hermann griff zum Telefon und wählte die Nummer von Iris. Es läutete durch, doch niemand ging ran.

Iris hörte ihr Handy dumpf läuten, es war ganz weit weg. Sie tastete um sich und versuchte sich zu orientieren, aber sie konnte nichts sehen. War sie blind, oder was war passiert? Ihre Hände fühlten nur kühle Erde, sie lag auf dem Boden in absoluter Dunkelheit. Es dauerte bis sie einen klaren Gedanken fassen konnte. Sie lag auf der Erde ohne Licht, der Boden war fest gestampft, sie breitete die Arme aus und berührte nichts. Es konnte also kein Grab sein, in dem sie lag. Es roch nach Erde und Wald.

Allmählich traute sie sich aufzurichten und kroch auf allen Vieren, alles tat ihr weh. Sie hatte schreckliche Kopfschmerzen. Sie griff sich auf den Kopf und fühlte verklebte Haare und eine große Beule. Es musste Blut sein, was ihre Haare verklebte. Sie versuchte, ihre Hände anzusehen, aber es gab keinerlei Chance, es gab kein Fünkchen Licht.

Wie sollte sie sich orientieren, wie begreifen, was passiert sein könnte, wenn sie nichts sah und nicht wusste, wo sie war. Auf den Knien rutschte sie zentimeterweise umher, vielleicht war irgendwo ein Abgrund oder ein wildes Tier, oder...oder...

Ihre Kreise wurden immer größer, sie berührte eine Wand, eine Wand aus Erde. War sie doch in einem Grab? Sie robbte weiter, die nächste Wand war wieder aus Erde und auch die nächste und die letzte. Sie war in einem Erdkeller, in einem Kellerloch. Die Erkenntnis, dass der Raum begrenzt war, gab ihr Mut, sich ganz aufzurichten. Sie stieß mit dem Kopf an einen Holzbalken und schrie auf vor Schmerzen. Der Kopf war doch ihre schmerzhafte Stelle, an der sie verletzt war.

Der Schmerz ließ sie wieder auf die Knie fallen, sie kauerte sich zusammen und fing an zu weinen. Ganz leise, damit sie niemand hörte. Sie musste davon ausgehen, dass sie in großer Gefahr war und vielleicht schon für tot gehalten wurde. Wieder klingelte ihr Handy, sie hatte einen speziellen Klingelton, der in der Ferne zu hören war.

Iris richtete sich wieder auf, diesmal ganz vorsichtig, es war nur eine gebückte Haltung möglich um nicht an die Balken zu stoßen. Mit den Händen tastete sie die Decke ab, es waren Rundholzbalken dicht an dicht, nur an einer Stelle konnte sie Bretter ertasten, vielleicht eine Falltüre die aus Holz gezimmert war. Sofort stemmte sie sich gegen die Falltüre, aber die bewegte sich keinen Millimeter. Das Handy hatte längst aufgehört zu läuten, nichts rührte sich mehr. Es gab nur diese dumpfe Stille in absoluter Dunkelheit.

Als sie wieder zu sich kam, lag sie auf dem Boden. Sie musste das Bewusstsein verloren haben, oder war eingeschlafen. Sie brauchte erneut lange Zeit, um ihre Gedanken zu sortieren und sich zu orientieren. An ihre Versuche, den Raum zu erkunden, konnte sie sich noch erinnern. Sie nahm wieder eine gebückte Haltung ein und schritt vorsichtig den kleinen Raum ab, bis sie stolperte und auf einen harten Gegenstand aufschlug. Sie schrie laut auf, fasste sich schnell und ertastete einen mit Flaschen gefüllten Bierträger. Sie hatte sich die Schienbeine angeschlagen und konnte sich das Weinen vor Schmerz nicht verkneifen. Sie saß in einem Erdloch mit einem Bierträger und weinte. Dennoch erfüllte sie die Erkenntnis, dass der Träger anwesend war mit Hoffnung. In einem Grab würde niemand einen Bierträger aufbewahren. Es musste sich also um einen Keller handeln. Sie nahm eine Flasche heraus, sie war voll, die nächste auch, sie hatte etwas zu trinken in ihrer ausweglosen Lage.

Ihr Handy klingelte wieder und es kamen neue Geräusche dazu. Sie hörte Schritte und einen Fluch. „Das Handy ist ja an, verdammt".

Ab dem Zeitpunkt hatte es nie mehr geklingelt.

Iris bekam Todesangst, geistesgegenwärtig, wie sie war, legte sie sich wieder in die Position, in der sie zuerst aufgewacht war. Es könnte von Vorteil sein, wenn sie für tot gehalten wurde. Sie versuchte, ihre Atmung zu beruhigen. Doch es geschah nichts, nur etwas Gerumpel drang zu ihr durch, die Türe wurde zu geknallt und von außen nahm sie Grabegeräusche war.

Mehrere Schaufeln gruben hektisch an der Außenseite ihres Loches. Es dauerte etwa eine Stunde, dann wurde es wieder ruhig. Sie hört nur noch ärgerliche Worte wie „so ein Mist" „Scheiße" „ja morgen sehen wir weiter", das war das letzte was sie hörte.

Sie war hungig und durstig, das Schlimmste war, sie hatte keinerlei Zeitgefühl, wusste nicht, war es Tag oder Nacht. Nach den Geräuschen tippte sie auf Tag und wartete noch einige Stunden ab. Als sich gar nichts mehr hören ließ, holte sie sich eine Flasche aus dem Träger. Leider war sie mit einem Kronkorken verschlossen. Wenn Iris an den Inhalt wollte, musste sie ihn aufbekommen. Mühsam versuchte sie, den Kronkorken am Träger aufzuhebeln. Sie schaffte es nicht, der Durst wurde immer stärker. Bier würde auch gegen den Hunger helfen, darum schlug sie der Flasche den Hals ab. Das Glas splitterte, das Bier schäumte heraus.

Es war wirklich Bier, nie war sie so froh um einen Schluck Bier. Jetzt bloß keine Verletzung riskieren, dachte sie und trank das Bier aus ihrer Hand, in die sie es laufen ließ. So würde sie Scherben bemerken und konnte Schlückchen für Schlückchen ihren Durst stillen.

Die Flüssigkeit tat ihr wirklich gut, der Alkohol machte sich aber auch bemerkbar. Iris kauerte sich zusammen und wollte einschlafen, gab sich aber doch einen Ruck und begann zu planen, wie sie aus diesem Loch entfliehen könnte. Zuerst dachte sie an die Falltüre. Mit der zersplitterten Flasche versuchte sie das Holz anzukratzen. Das erwies sich als sinnlos, es musste sich um Hartholz handeln und die Holzraspel und Glasstückchen fielen ihr in die Augen. „Wie vertrottelt muss ich denn sein", sagte sie sich „wenn man im Dunkeln ist, kann man die Augen auch geschlossen halten". Also arbeitete sie mit geschlossenen Augen weiter, um endgültig festzustellen, dass sie so nicht weiter kam. Das Arbeiten über Kopf war zu anstrengend und zeigte wenig Erfolg.

Sie sackte wieder zusammen, getrieben von Müdigkeit und Verzweiflung. Aber ihr Gehirn schaltete sich nicht aus, sie musste es über die Erde versuchen. An der rechten Seite waren die Spatengeräusche, vielleicht konnte sie dort versuchen, einen Ausgang zu graben.

Mit der Erde war sie erfolgreicher und schabte mit ihrer zersplitterten Flasche das Erdreich ab. Sie schlug eine Flasche an ihrer dicksten Stelle ab und hatte damit ein größeres Grabinstrument. Alles musste sie in völliger Dunkelheit machen und mit den Scherben hantieren, Verletzungen blieben nicht aus. Sie stach sich in die Hand, mit dem Knie war sie an eine Scherbenspitze gekommen, die im Boden steckte.

Sie war überall verletzt, hatte Kopfschmerzen, war ausgefroren und verzweifelt. Die Situation wurde ihr immer klarer, sie musste hier sterben. Doch Iris war eine Kämpferin, sie öffnete die nächste Flasche und genehmigte sich eine Halbe Bier, oder das was durch ihre Sicherheitstrinktechnik davon übrig blieb.

Akribisch sammelte sie jede Scherbe auf und lege sie in den Plastikträger, damit sie sich keine weiteren Verletzungen zufügen konnte. Gestärkt grub sie mit aller Energie weiter. Die Erde ließ sich leicht abkratzen, aber sie war mit Steinen durchsetzt, Iris musste sie herausarbeiten. Sie nahm keine Rücksicht auf ihre zerschnittenen Hände und wühlte sich in die Erde hinein.

Sie musste Stunden gearbeitet haben, als sie Stimmen hörte. Unwillkürlich hielt sie inne und lauschte. Die Stimmen kamen näher und entfernten sich wieder, sie glaubte sogar Hundegebell zu hören. Starr vor Schreck kauerte sie regungslos vor dem gegrabenen Loch. Wenn jetzt jemand nach ihr schaute, konnte sie sich nicht mehr tot stellen, ihre Aktivität war nicht zu übersehen. So verbrachte sie eine lange Zeit. Wie sie so in Gedanken versunken war, kam ihr die Idee, man könnte sie ja gesucht haben. Suchtrupps haben oft Hunde dabei. Aber es war vorbei, die Stimmen waren verstummt. Sie legte sich zur Seite und schlief ein.

Iris war ohne jedes Zeitgefühl und konnte nicht abschätzen, wie lange sie geschlafen hatte. Sie erinnerte sich nur an einen Traum. Einen Traum, dass ihre Mutter zu ihr sprach: „Kind du musst fliehen. Flieh, sonst bist du verloren"

Es durchfuhr sie eine Energie, sie suchte nach ihrer Grabeflasche und arbeitete zielstrebig weiter, immer weiter. Sie belohnte sich mit einer Flasche Bier und arbeitete weiter. In ihren Bierpausen zählte sie die Steine, die sie schon herausgearbeitet hatte, es waren zweiunddreißig. Zum Bierträger musste sie um den Steinhaufen herum kriechen, der sich in der Mitte des Erdkellers gebildet hatte.

Iris konnte in ihrem Grabeloch schon fast stehen, sie war schwach, verletzt, ausgehungert, aber sie stand in ihrem gegrabenen Loch außerhalb des Erdkellers. Diese Tatsache gab ihr neuen Auftrieb und sie schabte weiter die Erde weg, bis sich ein kleines Loch auftat. Sie grub weiter und sah den Sternenhimmel.

Wie man in ihrer Lage eine so große Freude haben konnte war ihr selber unheimlich. Sie war nicht blind, sie konnte sehen und würde bald aus dem Kellerloch heraus kommen.

Sie verharrte zunächst, um die Lage abzuschätzen, sie wollte sich nicht in Gefahr bringen und ihren Peinigern in die Hände fallen. Sie machte das Loch immer ein Stückchen größer, die Waldluft strömte herein, es blieb totenstill.

Der Himmel schaute nach Morgengrauen aus, es würde also bald Tag werden. Sie fing fieberhaft an zu graben und kam bald in eine Grube, die wohl vorher von jemandem gegraben wurde.

Sie robbte aus dem Erdkeller in diese Grube, die aussah wie ein Grab, verharrte noch einmal ganz still und kletterte dann heraus aus den Erdmassen. Sie stand zwischen Büschen neben einer Blockhütte, die mit einem Koppelzaun abgetrennt war.

Hinter sich spürte sie einen warmen Atem im Hals, drehte sich um und sah einem riesigen Bison in die Augen. Das Tier dampfte in der Kälte, leckte sich seine Lippen und kaute.

Iris wuchs über sich selbst hinaus, ging einige Schritte zurück, vermied, wieder in das Erdgrab zu fallen und schleppte sich weiter zum Tor des Bison-geheges. Sie musste an weiteren Tieren vorbei, die auf der Weide lagen und kauten. Der stehende Bison war vermutlich der Aufpasser. Mit Tieren kannte sie sich zum Glück aus, wenn auch nicht direkt mit solchen Urviechern. Aber sie wusste, diese Bisons wurden täglich durch die Main-Street getrieben, zur Freude der Besucher, sie waren friedlich und würden ihr nichts tun.

Es überkam sie wieder eine Schwäche, sie wollte sich hinlegen und einschlafen. Sie erinnerte sich an die Mahnung ihrer Mutter und kroch auf allen Vieren, immer im Gebüsch, damit sie ungesehen entkommen konnte.

Mit letzter Kraft schlüpfte sie aus dem Gehege und war nun erst am Gold-schürfer-Weiher. Sie kannte sich jetzt im Gelände aus und wusste, sie musste den Berg hinauf zu den Gebäuden und zum Ausgang.

Das Morgengrauen wurde immer deutlicher, sie schleppte sich weiter und erklomm den Berg, drückte sich an den Häusern der Main-Street entlang. Es wurde kein Rock'n Roll getanzt, keine Band spielte, alles war verlassen und still, wie in einer Geisterstadt.

Am Tor angekommen sah sie sich vor einer letzten Hürde, sie musste über die hohen Zaunpfähle, die die Western-Town umgaben. Iris konnte auf ein Gatter steigen, sich an Türangeln hochziehen, sie gelangte tatsächlich auf die Spitzen der Zaunstämme und fiel entkräftet auf der anderen Seite hinunter.

Zwanzig

Iris hörte leise Stimmen, es war ihr nach Kaffeeduft. Sie blinzelte mit den Liedern und sah Helligkeit, sie sah Licht. Sie brauchte einige Sekunden, um sich zu orientieren, sich zu erinnern, wo sie war. Es war alles noch da, der Horror in dem Erdloch, ihre Flucht, der Sturz vom Zaun, dann war ihre Orientierung vorbei.

Sie sah sich um im Raum, er schaute aus wie ein Krankenzimmer und... neben ihrem Bett, zusammengesunken auf einem Stuhl, saß Peter und schlief. Sie bewegte ihre Finger, tastete das glatte Bettlaken, obwohl sie befürchtete, es könnte die Erde im Loch sein. Allmählich setzten sich die Bausteine zusammen, sie war in einem glatten, sauberen und warmen Bett. Als sie ihre Hände bewegen wollte, spürte sie nur Schmerz und jammerte leise.

Schon war Peter aufgewacht, er nahm sie in den Arm und erntete einen Aufschrei. Er musste lachen: „Das wird schon wieder, du bist überall verletzt, aber ansonsten kerngesund" sagte er überglücklich.

Sie musste auch schmunzeln, schaute sich verdutzt um und fragte, ob sie in Sicherheit sei.

Peter versicherte, er würde sie nicht mehr alleine lassen und vor der Türe säße ein Polizist, um auf sie aufzupassen.

Iris war an eine Infusion angeschlossen und über und über voller Verbände. Ihr Kopf, ihre Hände und Füße, alles war eingebunden. Sie hatte schwere Prellungen, Rippenbrüche, eine Platzwunde am Kopf, total zerschundene Hände und viele Schnittwunden an den Beinen.

Im Tropf war ein Beruhigungs- und Schmerzmittel. Es sorgte dafür, dass sie alles ruhig angehen ließ und erst noch einmal die Augen schloss. Eine Schwester kam zur Türe herein und brachte den Kaffee, den sie schon gerochen hatte. Sie fragte Iris, ob sie auch einen möchte, sie nickte erfreut mit dem Kopf, einen richtigen Kaffee trinken, das war himmlisch. Ihr Bett wurde im Rücken hoch gestellt, sie saß aufrecht da und Peter hielt ihr die Tasse, damit sie Kaffee schlürfen konnte. Allmählich nahm sie ihre eigenen Hände dazu, es ging wieder aufwärts. In ihrem Gesicht machte sich ein Grinsen breit. Sie sagte nur: „Mein Gott"

Langsam versuchte sie den Kopf zu bewegen, es gelang, die Finger ließen sich bewegen, wenn auch schmerzhaft, auch ihre Beine gehorchten ihr. Nach und nach wurde sie wieder Herr über ihren Körper und über ihr Gehirn. Sie hatte natürlich tausend Fragen, die ihr Peter schonend in kleinen Dosen beantwortete. Die Ereignisse waren so schrecklich wie unglaublich.

Er begann mit der Nachricht, die Mordfälle seien alle aufgeklärt und Iris sei für unschuldig erklärt. Es würde sogar bundesweit in den Nachrichten berichtet, über einen Justizskandal und eine Korruptionsaffäre, der eine Frau fast zum Opfer gefallen wäre.

Die Staatsanwaltschaft deckte bei ihren Ermittlungen auf, dass jahrelang hohe Schmiergelder geflossen sind und große Bauunternehmer die gesamte Stadtverwaltung bestochen haben.

Sie wollte mehr wissen, wie sollte sich alles ereignet haben, wo sie doch im Erdloch gesessen hatte.

Peter erzählte langsam, Iris war vermisst, die Polizei suchte nach ihr. Ihr Auto konnte auf den Parkflächen der Westernstadt nicht gefunden werden, darum hat man nur pro forma gesucht und ging davon aus, sie hätte den Ort schon verlassen.

Erst am nächsten Tag, als die Rockabillys alle abgefahren waren, stand ihr Auto alleine da, ganz weit weg vom Eingang. Ein Bauer hatte es gemeldet, er wollte seine Fläche bearbeiten und wunderte sich über das vergessene Auto. Erst dann nahm die Polizei ihre Suche wieder auf, hat aber nichts gefunden.

Im Morgengrauen des dritten Tages fand ein Autofahrer, der früh zur Arbeit fuhr, eine leblose Person vor dem Tor der Western-Town und verständigte den Rettungsdienst und die Polizei.

Iris war in einem so schlechten Zustand, dass sie den ganzen Tag nicht mehr aufgewacht war und auch die Nacht durchgeschlafen hatte, natürlich Dank des Beruhigungsmittels.

Hermann und Conny informierten Peter sofort, als sie nicht zurück kam. Er fuhr gleich zum Flughafen um den nächsten Flieger zu erwischen. Iris war zwei Tage und drei Nächte in dem Erdloch bis sie am frühen Morgen des dritten Tages gefunden wurde. Die Polizei geht davon aus, dass für sie ein Grab in dem an die Hütte angrenzenden Bisongehege ausgehoben war. Man hätte sie vermutlich schon begraben, wäre nicht die Polizeiaktion dazwischen gekommen.

Das Grab hatte ihr die Flucht ermöglicht, denn ohne dieses Loch hätte sie sich nicht ausgraben können. Sie verdankte ihr Leben ihrem eigenen Grab, oder zumindest dem Loch, das dafür vorgesehen war.

Das waren Neuigkeiten genug, die Schwester brachte eine Brätnockerlsuppe, eine beliebte Kost für frisch Operierte, oder geschwächte Patienten wie Iris einer war. Selten hat ihr etwas so gut geschmeckt wie diese Suppe, sie fand sich mehr und mehr in ihrer Situation zurecht. Aber warum wurden die Mordfälle aufgeklärt?

Peter erzählte weiter, während er Iris mit der Suppe fütterte. Er konnte zusehen, wie ihr Gesicht wieder etwas Farbe annahm. Mit einem Lächeln, berichtete er von der Suchaktion, die schnell auf Ilona Hitzler beschränkt war.

Die Polizei brauchte Stunden, bis die Angestellten der Western-Town kontaktiert werden konnten. Alle hatten das Wochenende durchgearbeitet und waren in ihrer verdienten Freizeit. Ilona Hitzler hatte sich nicht offiziell angemeldet im Authentic Bereich, darum war man auf Zeugenaussagen angewiesen.

Ilona konnte die Hütte eines Freundes nutzen, der dort als „Doc Holliday" lebte, als einer der berühmtesten Revolverhelden des Wilden Westens, geboren am 14. August 1851 in Georgia und beerdigt am 8. November 1887 in Colorado. Ilona gab seine Schwester Martha Eleanora Holliday.

Es passte gut, dass dieser Freund beruflich wenig Zeit hatte und Ilona dort ungestört einige Monate leben konnte, in der Traumwelt der Hollidays, deren Geschichte neben der Türe angeschlagen war, stilecht auf feines Leder geschrieben.

Als die Beamten der Kripo endlich die Hütte ausgemacht hatten, öffneten sie die unverschlossene Türe und fanden Ilona Hitzler erhängt an einem Balken hinter der Türe. Sie war schon Stunden tot, auf dem Tisch lag ein Abschiedsbrief.

Aus Iris Gesicht wich die erworbene Farbe schnell wieder, sie schaute Peter erschrocken an. Er fuhr fort, Ilona wäre so anständig gewesen und hätte einen Brief mit einem Geständnis hinterlassen.

Sie wollte ihre Eltern nicht ermorden, ihnen allerdings einen Denkzettel verpassen. Es nervte sie unendlich, diese ewige Wichtigtuerei und Kocherei der Mutter. Sie war schockiert, dass sie ihr in der Notlage nicht mit Geld helfen wollten.

Im Zorn erinnerte sie sich an die Maiglöckchen in der Gartenecke, die ihr die Mutter jedes Jahr gezeigt hatte mit dem eindringlichen Hinweis, dass sie giftig wären. In dem Wissen, dass man sie mit Bärlauch verwechseln konnte, pflückte sie eine handvoll Blätter der Maiglöckchen, pürierte sie mit etwas Olivenöl und rührte sie in das fertige Bärlauchpesto ein.

Es täte ihr wirklich leid, so ein Ende des Streichs wollte sie nicht, sie bat alle

Geschädigten um Verzeihung.

Da hing sie nun, in Reue, aber mausetot, alleine in der Blockhütte in der Western-Town. Der Mord an den Eltern hätte ein perfektes Verbrechen sein können, vielleicht sogar ungewollt.

Das war eine Nachricht, Ilona hatte das Süppchen dabei aufgegessen, hungrig wie sie war. Sie atmeten beide auf, diese Geschichte wäre nie aufgeflogen, hätte Hermann nicht alles aufgedeckt. Hermann war ihr Held, einen besseren hätte sie niemals finden können. Wie gut, dass man Freunde hat, gute Freunde. Auch alle anderen haben im Hintergrund zur Aufklärung beigetragen.

Die Türe ging auf und Hermann und Conny kamen ins Zimmer, er schwenkte eine eisgekühlte Champagnerflasche, Conny trug die Gläser, die feinsten, die sie besaß.

Die Flasche war ganz schnell leer, die drei saßen strahlend ums Bett, als sich die Türe öffnete und ihre Töchter Angie und Tina herein kamen. Auch Moni und Ludwig traten ins Krankenzimmer, zum Glück hatten sie noch Champagner dabei.

Jeder musste zuerst den Schrecken überwinden, der beim Anblick der verbundenen Iris entstand, aber dann... Sie wurde gefeiert zu ihrem zweiten Geburtstag, sie war noch einmal mit dem Leben davon gekommen.

Iris getraute sich ihre Hände immer besser zu bewegen, testete ihre Beine, die ihr auch immer leichter gehorchten. Peter fragte die Schwester, die den Tropf entfernte, ob Iris im Sessel Platz nehmen dürfte. „Natürlich" meinte sie, sie sollte aufstehen, damit der Kreislauf in Schwung kommt.

Gestützt auf Ludwig und Peter setzte sie Schrittchen vor Schrittchen und wurde vorsichtig in einen Sessel gesetzt. Sie strahlte wie eine Schneekönigin, schaute in die Runde und begriff mehr und mehr, was ihr passiert war.

Conny hatte Zeitungsausschnitte von diesem Tag dabei. Die Presse nahm den Fall ganz groß auf und berichtete seitenweise vom Korruptionsskandal in ihrer Stadt.

Eine Bestechungsaffäre im ganz großen Stil war aufgeflogen, die Ermittlungen liefen auf Hochtouren, der gesamte Stadtrat war zurückgetreten. Ein großer Bauträger soll führende Politiker bestochen haben um ungehindert bauen zu können, günstige Grundstücke zu bekommen und die Sozialquoten zu ignorieren. Die Ermittlungen kamen erst zögerlich auf Touren. Ein Justizskandal und private Recherchen, deckten den Fall auf.

Weltweites Aufsehen erregte der Mordversuch an einer zu Unrecht beschuldigten Frau, die nur um haaresbreite dem Tod entkommen war.

In den Boulevard-Zeitungen gab es Fotos von der Blockhütte in der Western-Town, von der offenen Falltüre zum Erdkeller und vom geschaufelten Grab im angrenzenden Bisongehege

Iris las vor: „Das unschuldige Opfer der Bestechungsaffäre wurde in einem Erdkeller gefangen gehalten. Die Polizei fand keine Spur zur abgelegenen Blockhütte im Authentic-Bereich der Western-Town. Man schlug die Frau nieder und warf sie in ein Kellerloch, in dem Getränke gelagert wurden.

Es gelang ihr, sich aus eigener Kraft zu befreien. Die Täter hatten schon ein Grab für das Opfer ausgehoben, wurden aber durch die Suchaktion der Polizei gestört. Wäre der Plan der Täter, die Frau im dichten Gebüsch zu verscharren, aufgegangen, hätte man sie wohl nie gefunden. Die Blockhütte ihrer Peiniger grenzte direkt an das Bisongehege der Anlage. Nur Koppelstangen trennten das Haus von der Weide. Diese Ecke der Western Town war so stark mit Gebüsch eingewachsen, dass man die Grabungsstelle nicht so leicht gefunden hätte. Das Opfer konnte sich mit zerbrochenen Bierflaschen aus dem Erdkeller bis in ihr offenes Grab freigraben und aus der Anlage entfliehen. Vor dem Tor der Western-Town wurde sie im Morgengrauen von einem Pendler gefunden."

In den nächsten Zeitungen war zu lesen:

„Im Zuge einer unaufgeklärten Mordserie, kommt ein beispielloses Bestechungskartell ans Tageslicht."

„Rentnerin kann sich aus eigener Kraft aus ihrem Grab befreien."

„Die Kripo findet erhängte Komplizin eines Bauunternehmers in einer Blockhütte der Western-Town."

„Neben der Leiche findet die Polizei eine offene Falltüre zu einem Erdkeller, in dem das Opfer gefangen gehalten wurde. Der Keller war voller Scherben und roch nach verschüttetem Bier, das Opfer hatte sich mit zerschlagenen Bierflaschen einen Ausgang gegraben. Das Grab war schon geschaufelt"

Conny war extra zum Bahnhof gefahren um alle Zeitungen einzukaufen, die über Iris und den Korruptionsskandal berichteten. Das Zimmer war übersät mit Zeitungsseiten, sie blätterten alles durch um keinen Artikel zu übersehen. Beim Lesen schüttelte der eine oder andere den Kopf, dass so etwas passiert war und noch dazu in ihrem Freundeskreis.

Der Fall um Iris Moser hatte eine Lawine losgetreten, die Ermittlungen würden noch Monate andauern.

Die Helfer von Ilona Hitzler waren immer noch auf freiem Fuß, wer hatte das Grab geschaufelt, wer hatte Iris niedergeschlagen und in den Keller geworfen? Sie war immer noch in Gefahr. Wie sollte man sie in Zukunft schützen?

Peter wartete einen ruhigen Moment ab, um seine Pläne vorzustellen. Er hatte für einen Kunden ein wunderschönes Haus, eine Villa, im exklusiven Camps Bay, wenige Kilometer von Down Town Kapstadt gebaut. Sie war nun bezugsfertig und sollte vermietet werden. Interessenten gab es genug, aber er hatte sich eine Option einräumen lassen. Nach dem Stand der Ereignisse, plädierte er dafür, einige Jahre in Südafrika zu verbringen, natürlich mit Iris. Er wurde schon angefragt für weitere Bauprojekte im Paradies, in Camps Bay, dort könnte er vermutlich viel mehr verdienen als daheim.

Es kehrte eine erwartungsvolle Stille ein, Iris begann zu lächeln, ein leises Nicken bestätigte Peters Ideen. Es war beschlossen, sie würden ihre Zelte für einige Jahre in Kapstadt aufschlagen.

Iris erholte sich noch eine Woche im Krankenhaus, ihre Hände heilten langsam, sie durften nicht zuviel bewegt werden. Offene Fingerkuppen, abgerissene Nägel, tiefe Schnittwunden, hinterließen zwar Narben und erinnerten sie zeitlebens an ihre schrecklichen Erlebnisse.

Peter bereitete im Hintergrund alles vor, machte die Hausmiete perfekt, bestückte zwei Container mit liebgewonnenen Einrichtungsgegenständen und packte seine Koffer.

Tina war nun für mindestens drei Jahre Alleinherrin im Haus von Iris, die Hunde waren ohnehin auf sie über gegangen. Peter versprach, sie mit monatlichen Überweisungen zu unterstützen und die Hausunkosten zu übernehmen. Er holte Iris vom Krankenhaus ab. Sie fuhren zu ihrem Haus, wo Tina die Koffer für sie gepackt hatte. Iris kontrolliere kurz den Inhalt, nahm eine Dusche, zog afrikataugliche Kleider an, hüllte sich in einen warmen Mantel, der dort ins Handgepäck wandern durfte. Dann ging es sofort zum Flughafen, zum Direktflug nach Südafrika.

Einundzwanzig

Hocherfreut wartete Wolf Sanders am Flughafen auf die Freunde. Für Auswanderer wie Wolf waren Kontakte aus der Heimat sehr wichtig. Auch er stutzte beim Anblick von Iris. Die Hände waren immer noch verbunden, die Haare notdürftig über die rasierte Stelle mit der genähten Kopfwunde drapiert. Sie hinkte noch, um die Wunden an den Beinen zu schonen.

„Alles gut!" beruhigte Peter, man trank einen kurzen Kaffee, dann gings gemütlich los nach Camps Bay. Die Dämmerung setzte schon ein, Wolf machte eine Andeutung, dass seine Boys ein Dinner vorbereiteten. Kurz vorm Ziel telefonierte er und kündigte ihr Erscheinen an.

Als sie die Abfahrt zum Anwesen erreichten, glitzerte schon der Atlantik und begrüßte Peter und Iris. Als sie vor dem verzierten Eisentor an Peters Garten hielten, wurde klar, warum Wolf angerufen hatte. Es brannten Dutzende von Kerzen und Fackeln entlang des Eingangsweges im Garten. Auf der Terrasse war ein festlicher Tisch gedeckt, mit Blumen, Früchten und natürlich mit brennenden Kerzen.

Der Hölle entronnen war Iris verzaubert vom Anblick, noch nie war sie so glücklich wie jetzt, als sie Hand in Hand mit Peter auf dieser Terrasse stand. Der blau beleuchtete Pool lief wie immer ins Meer über, die Boys grinsten und rückten die Stühle zurecht. Auch Wolf war gerührt, es war verabredet, dass Iris und Peter einige Wochen bei ihm wohnten, bis die Container angekommen und ausgeräumt waren.

Die Zeit war wie eine Reha für Iris, ihre Wunden heilten. Sie badete die geschundenen Hände im Meerwasser, es war Hochsommer am Kap.

Peter nahm neue Aufträge an, er konnte sich vor Bauherren kaum retten und legte Wartelisten an, welche eigentlich nur zum Vertrösten nützlich waren, denn welcher Bauherr würde schon zwei Jahre auf den Architekten warten.

Iris brachte sich auch ein, sie war sozusagen der Lehrling von Peter und konnte bald Termine zur Bauaufsicht und zu Firmenkontakten übernehmen.

Schnell bekamen sie Freunde, es gab einige Deutsche, die hier angesiedelt waren, Bed-and-Breakfasts, Baugeschäfte, oder Boutiquen unterhielten. Sie waren alle froh, neue Kontakte zu knüpfen, eigentlich jagte eine Einladung die nächste.

Das neue Haus wurde bezogen, es lag etwas höher als das Haus von Wolf, man sah noch weiter über den Ozean. Die Abende auf der Terrasse waren wunderschön. Iris hielt engen Kontakt mit ihren Kindern zuhause. Es ließ sich nicht vermeiden, dass die Nachrichten von dem Korruptionsskandal bis zu ihr durchdrangen. Sie schob alles beiseite und wollte es hinter sich lassen, ertappte sich aber doch, dass sie gelegentlich im Internet surfte. Es gab Ermittlungen, Verhaftungen und Durchsuchungen quer durch die Stadtverwaltung und die bekannten Immobilienunternehmen. Nur einer konnte nicht erfasst werden, es war Gerhard Holler, der Oberbürgermeister. Er war rechtzeitig abgetaucht, er hat sich aus dem Staub gemacht und der Verantwortung entzogen.

Es sollte ihr recht sein. Sie würde am Kap bleiben, bis sich die Sache erledigt hatte und dann weiter sehen. So vergingen die Monate, Iris wurde ganz gesund und arbeitete sogar im Maklerbüro eines neuen Freundes mit. Sie und Peter waren voll integriert und verdienten gut. Sie konnten sich das tolle Haus leisten und verspürten keinerlei Heimweh. Das war auch der Tatsache geschuldet, dass sie viel Besuch bekamen aus der Heimat. Tina war schon auf einem zweiwöchigen Urlaub bei ihnen, Moni hatte sich angekündigt, Hermann und Conny waren gerade dort.

Man saß beim Sundowner am Pool, nachdem man den ganzen Tag lässig verstreichen ließ. Am Morgen hatte man ein Frühstück im Neighbourgoods Market genossen, nahm den Afternoon Tea im Mount Nelson Hotel und bekam dann doch noch Hunger auf etwas Deftiges.

Iris schlug vor, das Steakhouse über den Klippen zu besuchen, dort waren sie schon lange nicht mehr gewesen. Vielleicht bekamen sie ihren Tisch am Fenster, mit dem Blick auf das Meer und die Bucht von Camps Bay.

Alle waren begeistert, Peter telefonierte, es klappte, sie hatten den Tisch und machten sich auf den Weg. „The Hussar Grill" war fußläufig zu erreichen, ohne Auto konnte nach dem Cocktail noch ein Rotwein ohne Reue genossen werden.

Hermann und Conny waren hin und weg von Südafrika. Sie setzten sich an ihren Tisch, mit Blick auf den Ozean und die Lichter der edlen Villen am Hang. Die Ober eilten geschäftig, aber sehr dezent umher.

Alle hatten schwarze Sakkos mit weißen Hemden und einer Fliege an, fast alle waren schwarz, nur einer nicht. Peter bestellte den Wein, man prostete sich zu und studierte die Steakkarte. Hermann hatte eine Frage zu den Beilagen. Der einzige weiße Ober trat an den Tisch. Iris betrachtete ihn näher, es war Gerhard Holler, ihr alter Oberbürgermeister.

David und Goliath

Weitere Bücher von

Rita Lell

Der Blaue Weg

Die ersten drei Jahre
ein Bilderbuch für Eltern

Die kleine Luci erzählt den Lesern von den ersten drei Jahren ihrer Kindheit. Die selbstbewusste Dreijährige erklärt mit großem Engagement, was für ein Kind am Wichtigsten ist.

Der blaue Weg
Die ersten drei Jahre

Rita Lell
© 2012 Rita Lell
Herstellung und Verlag
Books on Demand GmbH, Norderstedt
Paperback

176 Seiten
ISBN: 9-783844-802313

röße Geschenk, das Eltern ihrem Kind machen können, ist ein stark
ckeltes Urvertrauen. Die ersten drei Lebensjahre eines Menschen können
e wichtigsten Erziehungsjahre benannt werden. Die Fundamente der
cklung werden gelegt, Lebenseinstellungen, Interessen und Sichtweisen
f erbaut. Ganz automatisch formt sich ein Mensch zu einer Persönlichkeit.
iten sie Lucie in ihren ersten drei Jahren und lassen sie sich verzau-
on der Wichtigkeit einer glücklichen Kindheit.
n stabiles Fundament trägt einen erfolgreichen Erwachsenen.

Rita Lell

Rita Lell

Der blaue Weg

Die ersten drei Jahre

ein Bilderbuch für Eltern

Der blaue Weg

Die ersten drei Jahre

Das größte Geschenk, das Eltern ihrem Kind machen können, ist ein stark
entwickeltes Urvertrauen. Die ersten drei Lebensjahre eines Menschen können
als die wichtigsten Erziehungsjahre benannt werden. Die Fundamente der
Entwicklung werden gelegt, Lebenseinstellungen, Interessen und Sichtweisen
darauf erbaut. Ganz automatisch formt sich ein Mensch zu einer Persönlichkeit.
Begleiten sie Lucie in ihren ersten drei Jahren und lassen sie sich verzaubern
von der Wichtigkeit einer glücklichen Kindheit.
Nur ein stabiles Fundament trägt einen erfolgreichen Erwachsenen.

Rita Lell

Regensburg

Was war und was bleibt

Rita Lell

Was war und was bleibt

Regensburg

Band II

Einblicke in Regensburg abseits der Touristenpfade – auch im zweiten Teil dieses Stadtportraits – nicht nur für Regensburger – bekommt der Leser interessantes Hintergrundwissen der heimatverbundenen Autorin Rita Lell. Sie zeigt atemberaubende Blicke vom Dom St. Peter, die Geschichte der Wurstkuchl, die beeindruckende Welt der Dombauhütte, die schöne Zeit an der Schillerwiese, warum Keilberg ein außergewöhnlicher Stadtteil ist und sich Regensburg zurzeit so verändert. Technologien verschwinden, Neubauviertel entstehen.

In 461 Bildern kann der Leser schmökern, verstehen und staunen, warum die Zucker-Susi nicht mehr fährt, wie es am Winterparadies Dreißäumerberg ausgesehen hat, oder warum die Kulturszene an der Ladehofstraße verschwunden ist.

Ein Buch zum Verlieben, Nachdenken und Genießen.

Rita Lell
© 2016 Rita Lell
Verlag: Books on Demand

Regensburg- Was war und was bleibt Band II

ISBN 978-3-7412-5181-8

Rita Lell

Regensburg - was war und was bleibt

Band II

Unveröffentlichte historische Aufnahmen, kombiniert mit aktuellen Bildern, zeigen Regensburg wie es wirklich ist. Fern ab von touristischen Pfaden, aus der Sicht einer Regensburgerin, die Typisches auf den Punkt bringt und den Leser begeistert. Sie zeigt atemberaubende Blicke vom Dom St. Peter, die Geschichte der Wurstkuchl, die beeindruckende Welt der Dombauhütte, die schöne Zeit an der Schillerwiese, warum Keilberg ein außergewöhnlicher Stadtteil ist und sich Regensburg zurzeit so verändert. Technologien verschwinden, Neubauviertel entstehen. In 461 Bildern kann der Leser schmökern, sich erinnern und verstehen, warum die Zucker-Susi nicht mehr fährt, wie es am Winterparadies Dreibäumerlberg ausgesehen hat, oder warum die Kulturszene an der Ladehofstraße verschwunden ist.
Ein Buch zum Verlieben, Nachdenken und Genießen.

Rita Lell

Regensburg - Was war und was bleibt

Band I

Das Buch will ein „Regensburg-Gefühl" vermitteln, das gebürtige Regens-burger empfinden, Veränderungen bewusst machen und das Interesse des Lesers auf Stadtteile lenken, die leicht übersehen werden, aber Regens-burg liebenswert machen. Durchaus kritisch will die Autorin vermitteln, wie schnell sich das Bild dieser wunderschönen Stadt wandelt, was früher anders war und was heute noch den Charme Regensburgs ausmacht, oder auch leider zerstört wurde. Ob es sich um die „Unterer Wöhrdler Gmoa" handelt, oder die flotte Zeit im Colosseum, das alte Jahnstadion oder die Reitschule Dobs am Rennplatz. So mancher Regensburger wird durch die 620 Bilder auf 396 Seiten an schöne Zeiten erinnert und durch aktuelle Aufnahmen seine Stadt neu erleben. Ein umfangreiches und interessantes Buch, für Leser, die mehr von Regensburg erfahren möchten.

Rita Lell

Regensburg

Was war und was bleibt

9 783734 782817

Rita Lell
© 2015 Rita Lell
Verlag: Books on Demand

Regensburg - Was war und was bleibt   Band I

ISBN 978-3-7347-8281-7